満ち足りた人生

Mãn

Kim Thúy

キム・チュイ
〔著〕
関未玲
〔訳〕

彩流社

This book is published with the support of the Société de Développement des Entreprises Culturelles (SODEC).

目次

●凡例

本文中の記号は原注を表しており、各項目は巻末にまとめた。

満ち足りた人生

君にもたれる
君にもたれながら横になる、君の腕が
僕を抱きしめる、君の腕が
僕を丸ごと抱きしめる。
君の腕が僕のことを抱きしめる
僕が君にもたれかかり、
きみの腕が僕を抱きしめるときに。

エルンスト・ヤンドル*

母たち　*me*

ママと私。私たちは似ていない。ママは背が低いけれど、私は背が高い。ママは肌の色が濃いけれど、私はフランス人形のような肌をしている。ママはふくらはぎに穴があるのに、私は心に穴がある。

私を身ごもり、この世に生んでくれた最初の母は、頭に穴があいていた。彼女は成人したばかりか、あるいはもしかしたらまだ少女だったのかもしれない。というのも、ベトナムの女性なら誰一人として、指輪をはめることがないまま子どもを宿そうなどとは思わないからだ。

菜園にあるオクラの苗の真ん中から私をすくい上げてくれた二人目の母は、信じる心に穴があいていた。彼女はもう誰も信頼していなかった。とりわけ人が話をしているようなときにはそうだった。そこで二人目の母は藁《わら》小屋に引きこもり、サンスクリット語で祈りを唱えるために、メコン川の強大な分流から遠く離れて暮らしていた。

最初の数歩を歩き出そうとしている私の姿を見ていた三人目の母が、ママになった。私のママに。その朝、ママはもう一度両手を広げたいと考えた。そこで、その日まで閉め切っていた自室のよろい戸を開け放った。暑い日差しのなか、ママが遠くにいた私に気がついた。そして私はママの娘になったのだった。彼女が私に第二の人生を与えてくれた。ありふれた大都市の名も知れぬどこか別の場所に建つ、大勢の子どもたちが取り囲む学校の校庭裏で、私を育ててくれた。子どもたちは、教師でありながら冷凍バナナ商人でもあった母親を持つ私をうらやんだ。

ココナッツ　*dừa*

毎朝、授業開始前のとても早い時間に、私たちは買い物をした。熟したココナッツを売っている女商人の店から買い物を始めるのが日課だった。熟したココナッツは果肉が豊富だが、果汁は乏しい。この女商人は、炭酸飲料のボトルから回収した栓を平たい棒の端に固定した道具を使って、ココナッツの半分をスライスしてくれた。大きな薄片が、屋台に陳列されているバナナの葉に置かれたリボンのように、帯状の飾りとなっては落ちていった。この商人は絶え間なくしゃべり続けて、ママにいつも同じ質問をするのだった。「こんなに真っ赤な唇をした子になるなんて、お嬢さんにいったい何を食べさせているんですか?」女商人の指摘から逃れるために、私はいつも唇を内側に隠すようにしていたのだが、彼女が残ったもう半分のココナッツをスライスする速さにあまりにも魅了されてしまって、きまって口を半開きにして眺めてしまうのだった。女商人は、黒い金属製の長いへらの上に片足をのせていた。へらの柄の一部は、小さな木製ベンチにのっていた。丸みを帯びたへらの先端部の尖った歯には目もくれずに、女商人は機械のような速さでココナッツを削ぎ落しながら果肉を細くスライスしていった。へらの中央の穴の開いたところからスライスが落ちてゆく様子は、サンタクロースの住む国で雪片が舞うのにおそらく似ているといつもママは話していたが、実際は自分の母親の話をくりかえしていただけだった。ママは、この話を何度も聞くために、母親にせがんでは話してもらっていたのだ。さらにまた、自分の母親が口にしていたように、小さな空き瓶を使ってサッカーをする少年たちを見るたびに、かならず「げつようび」とささやいた。

月曜日　火曜日　水曜日　木曜日　金曜日　土曜日　日曜日
thứ 2　thứ 3　thứ 4　thứ 5　thứ 6　thứ 7　chủ nhật

「げつようび」は、私が最初に覚えたフランス語だった。ベトナム語では、「げつ」という音は「小瓶」を指して、「ようび」は「出発する」という意味になる。ベトナム女性である母の耳には、この二つの音が一緒になってフランス語の「月曜日」となるのだった。自分の母親にならい、ママも私に、小瓶に狙いを向けてから蹴り上げ、そして月曜日を「げつ・ようび」と発音するのよと言いながら、この単語をおしえてくれた。一週間の二日目となる月曜日は、もっとも美しい曜日となった。というのも、ママの母親が、他の曜日をどう発音するのかおしえてくれる前に亡くなってしまったからだ。月曜日だけが、はっきりとした、忘れることのできないイメージと結びついた。ほかの六日間については、目印にする指標がなかったので、結局互いに似たような口となってしまった。そのせいでママはしょっちゅう「火曜日」と「木曜日」を間違えたり、ときには「土曜日」と「水曜日」さえ取り違えてしまうのだった。

チリペッパー　*ớt hiểm*

とはいえママの母親がこの世を去るまでに、お湯に浸したスライスココナッツの果肉を玉にして手のひらで絞り、ココナッツミルクを抽出するやりかたを教えてくれる時間はあった。母親たちは自分の娘に、隣近所の女性たちにレシピが盗まれて、盗んだレシピで自分たちの夫が魅了されてしまうことがないよう、小声でささやきながら料理方法を伝授していた。料理の伝統は、まるで師弟間における魔法の技のように、一度に一動作ずつ、日々のリズムの流れに沿って、代々こっそりと受け継がれてきたのだ。こうして、ごく自然と娘たちは、米を炊く水の量を測るために人差し指の第一関節を使い、「チリペッパー（*ớt hiểm*）」を無害な花の形へとカットするために包丁の先端を使うこと、繊維の向きと違わないようにマンゴーの皮を底面から先端へと向かって剝《む》くこと等々を覚えたのだった。

バナナ　*chuối*

こんな風にして私はママから、市場で売られているバナナの種類が数十種類もあって、チュイ・シエン（*chuối xiêm*）というバナナの種類だけが、平らにしても割けず、冷凍しても黒ずまないということを学んだ。モントリオールに着いてから、このおやつを夫のために用意した。二十年来、夫はこのおやつを口にしていなかった。ピーナッツとココナッツという、ベトナム南部ではデザートと同じくらい朝食でも一緒に供される二つの食材の、この典型的な組み合わせを夫にもう一度味わってほしかったのだ。あまりにも日常的に目にするために、ほとんど気にも留めないこうした味わいにいくぶん似せて、私は、夫がわずかに心動かすことさえないまま彼に食事を出し、連れ添うことができるようになればいいと思っていた。

夫　*chồng*

ママは母性愛から、私をこの男性に託した。尼僧であった二番目の母が、私の将来を考えてママへと委ねたように。いつ訪れるとも知れぬ自らの死に備えていたママは、父親のような気質をもった男性を私のために探した。ママの女友だちに世話好きの仲人がいて、とある午後、この機会にと、私たちのところまで彼と一緒に訪ねてくれた。ママは私にお茶を出すように言ったが、それ以上のことを頼んだりはしなかった。彼の前に湯呑茶碗を置いたときも、私はその顔を見なかった。私の視線は必要とされていなかった。ただ彼の視線だけに重きが置かれていたのだった。

ボートピープル　*thuyền nhân*

彼は遠くからやってきていて、ほとんど時間がなかった。多くの家族が、自分たちの娘を紹介しようと彼を待ちわびていたのだ。サイゴン出身だったが、二十歳のときに船でボートピープルとしてベトナムを去った。彼は、何年もタイの難民キャンプで過ごしたあとに、モントリオールへとたどりついた。そこで仕事をみつけたが、自らの国をみつけるまでには至らなかった。カナダ人になるにはあまりにも長くベトナムで暮らしてしまった者の一人だった。その逆もまた然《しか》りで、再びベトナム人になるにはあまりにも長くカナダで生活してしまった者の一人でもあった。

文化　*văn hóa*

我が家の食卓から席を立って、玄関へと向かうその足取りは、二つの世界の間で迷い、途方に暮れている人間のようだった。次々と訪問すべき多くの女性のなかから、いったい誰の家の戸口を越えるべきか、越えぬべきか、もはやわからなくなっていたのだ。自らの声が、仲人の言葉を借りたものなのか、本心なのか、もはやわからなくなっていた。ママに話しかけるときの彼の迷いが、私たち三人を打ちのめした。「お姉さん」（*Chị*）、「おばさん」（*Cô*）、「伯母さん」（*Bác*）など、さまざまな呼称を用いて呼びかけた。皆、他所《よそ》からきた彼に対しては大目に見ていた。人称代名詞が存在することで、没個性的なままでいられるような国からやってきた彼に対しては。こうした人称代名詞をもたないので、ベトナム語は、最初に出会った瞬間から関係性を断定する。二人で話をしているとき、年少者には年長者に対する敬意と服従が課される。反対に、年長者には年少者に対する助言と庇護《ひご》が求められる。会話をしている二人の話を耳にした者は、たとえば年少者が話し相手の甥っ子で、母の兄である伯父の一人と話しているのだと推し測ることができる。同じように、血縁関係のない二人が会話をしているときには、年長者が年少者の両親よりは若いのだろうと断定することもできる。私の未来の夫の場合、もしもママのことを「伯母さん」と呼びかけていたら、私へ興味があるのだと、それとなく表明することもできただろう。つまり、「伯母さん」と呼びかけることで、ママを自分の両親と同じ位置へと引き上げ、義理の母という彼女の地位をほのめかすことができたからだ。けれど不確かさから、彼自身が混乱していた。

扇風機 ***quạt máy***

彼が翌日、扇風機と、メープルクッキーの箱と、シャンプーのボトルの贈り物を携えて再びやってきたので、私たちは皆とても驚いてしまった。このときばかりは私も、彼と彼の両親の正面に、ママと仲人の女性に挟まれて着席しなければならなかった。両親が食卓に彼の写真を並べた。自家用車のハンドルを握っている写真、チューリップを背景に撮影された写真、自営するレストランのなかで、煮え立ったブイヨンに親指で軽く触れ、大きなボウルを二つも抱えている写真。たくさんあったけれど、どれも一人っきりで写っていた。

火炎樹　*hoa phượng*

ママは翌々日に、三度目の訪問を認めた。彼は、私と二人っきりになる時間が欲しいと言った。ベトナムのカフェも、フランスのように椅子が通りに面して並べられていたが、それは男性向けのものだった。ファンデーションもつけ睫毛《まつげ》もしていない若い女性がコーヒーを飲むことなどなかったし、少なくとも公衆の面前で飲むものではなかった。コロソル〔トゲバンレイシの実〕やサポジラ〔別名チューインガムの木。カリブ海原産の低木で、実は生で食し、種からクリームやリキュールが作られる〕、あるいはパパイヤのスムージーを近所で飲むことなら、できたかもしれなかった。しかし青いプラスチック製の小さな腰かけが置かれた庭の一角は、女子生徒たちのうつろな微笑みや、若い恋人たちが遠慮がちに手を軽く触れあうためにこそ用意されていると思われた。私たちはといえば、将来夫婦になる二人にすぎなかった。地区全体で私たちに残されていた場所は、ピンクの御影石でつくられたベンチだけだった。校庭内にあった、私たちの暮らす教員用アパルトマンが建ち並ぶ前にベンチは置かれていたが、その上では重たげに火炎樹の花が咲いていた。花とは対照的にその枝は、バレリーナの両腕のように繊細で優雅だった。鮮やかな赤い花びらがベンチ全体を覆っていたが、未来の夫は、自分が腰掛けられるようにと花を押しやった。私は彼を眺めたまま立っていた。そして、この花すべてに囲まれた自分の姿を、夫自身が目にすることができないなんて、残念なことだと思った。まさにこのとき、私は、これから先もずっと、自分は立ち続けることになるのだと理解した。夫は独りきりの、寄る辺なき人間でしかないのだから、自分の隣に私の場所をつくってあげようなどとは決して思わないだろうと。

リス　*con sóc*

私は、母が彼のためにと準備していた、塩漬けライムを添えたレモンソーダのグラスを差し出した。彼自身が、塩漬けされて焦げ茶色になったライムみたいだった。太陽で温められ、時間とともに変質してしまったこのライムのように見えたのだ。その視線は、歳を取ったわけでもないのに老いてしまい、ほとんどぼやけて、薄くにじんでしまっていた。

「今までリスを見たことがありますか？」

「本のなかでなら」

「明日、戻るんです」

「……」

「きみに書類を送りますね」

「……」

「僕らには、子どもができるでしょうね」

「ええ」

彼は、手書きで連絡先を記した二つ折りの紙を私に渡した。同じく二つ折りになった紙に記されたこの詩をママに渡した兵士のように、ゆっくりと、控え目な足取りで帰って行った。

Anh tặng em
Cuộc đời anh không sống
Giấc mơ anh chỉ mơ
Một tâm hồn để trống
Những đêm trắng mong chờ

Anh tặng em
Bài thơ anh không viết
Nỗi đau anh đi tìm

僕は君に贈るよ
僕が生きなかった人生を
僕が夢でしか見られなかった夢を
僕が空虚なままにしてしまった魂を
期待で眠れずに過ごした幾晩ものあいだずっと

君のところへ贈り物として届けるんだ
僕が書かなかった詩を
僕が身体を強張らせてしまうその痛みを

Máu mây anh chưa biết
Tha thiết của lặng im

僕が知らなかった雲の色を
沈黙の願いを[†1]

チュニック　*áo dài*

彼の名前はフンといい、ママは、彼がサンダルを放って「ペタンク」〔金属製のボールを使って、カーリングのように目標近くに投擲することを競うフランス発祥の球技〕遊びをしている頃から知っていた。ママがフンに気づいていたのは、学校帰りに彼とすれ違うと、いつもペタンク投げに失敗していたからだった。チームメートたちは、ママがフンに不運をもたらすと言っていた。フンのほうは、自分がいったい何を期待しているのかまだ理解できないまま、毎日同じ時間に、たった一つの幸運を待っていた。フンがはっきりと自分が何を期待していたのか理解できたのは、新しい学校の制服だった、白いアオザイを着ているママの姿を初めて見かけたときだった。青く学校名が刺繍された名札が、彼女の肩と左胸のあいだ辺りに縫いつけられていた。遠目には、チュニックの裾が風にたなびくその姿が、軽やかに舞い、どこともわからぬ行き先へ向かう一匹の蝶のようにも見えた。まさにこの瞬間からフンは、ママが教室を出るタイミングをもはや一度たりとも逃しはしなかった。家までの道を、遠くからママの後を追ったのだった。

ヒールのついた木製サンダル　*guốc*

かなり時間が経ってから、初めてフンはママに話しかけた。異母弟妹が予告していたように、ママの靴の踵《かかと》が壊れたときに。思わず彼女のもとに駆け寄ったフンは、自分のサンダルを差し出して、踵の壊れたママの靴を履いて戻っていった。柩《ひつぎ》職人であるいとこの家でサンダルを修繕しようしたときに、木製のサンダルに鋸《のこぎり》の跡がついているのを目にしてフンは驚いた。翌日、フンは、裁判官の自宅玄関の重々しい金属を和らげるブーゲンビリアの前で、ママを待っていた。ママが小道の最初の敷石をまたぐのを目にした瞬間、フンは身をかがめて、向きを正しくそろえて門口に靴を置いた。ママの評判を傷つけないようにと、フンは数メートルほど離れた。ママは靴を履いて、今度は自分自身の足跡の上にフンのサンダルを置いた。足を汚さずに、立ち止まることも泣きだすこともなく、自宅への道のりを歩き続けられるようにしてくれた、このフンのサンダルを。

雨 *mura*

フンの影がママの影を追うようになって以来、まるで篩《ふるい》を思わせるほどに針で穴を開けられた自分の傘を差しても、ママは泣かないようになった。フンの傘が、最初の雨粒が一滴落ちる前から、さらにはママが最初の雨雲に気づく前から、いつだって彼女を守ろうと飛び出して来たからだ。ママは、こうして二本の傘を二層に重ねて差すことになり、フンは、頭を雨天にさらしたまま、ママの三歩後ろを歩いた。一本の傘を彼女と分かち合いたいという欲望は、一度も起きなかった。というのも、二人で同じ傘に入ったりなどすれば、ママの完璧なほどにつやつやした美しい黒髪が、雨のせいで輝きを失いかねないからだった。

リュウガンやパパイヤ、ジャックフルーツの木が植わった庭の外からは、ママの沈黙を聞き取ることは不可能だった。使用人を除くと、ママが眠っているあいだに異母弟妹たちが彼女の櫛の歯を一本おきに折ったり、頭髪の一部をカットして楽しんでいたなんて誰一人思いもしなかった。ママは、弟妹たちのいたずらがなんて無邪気なのかと、あるいは無邪気さゆえのいたずらなのだと自らに言い聞かせ、納得していた。ママは彼らの無邪気さを、そして父親の無邪気さをも守るために口をつぐんだ。実の子どもたちが互いにいがみ合うのを、父親に見せたくなかったからだ。父親はかつて自らの国と文化、そして人民が引き裂かれるのを、すでに目の当たりにした証人でもあり、また裁判官でもあったから。

冷たい母親　*Mẹ Ghẻ*

ママの父親は、最初の妻が急死した後、二番目の妻との間に子どもを望まなかったことだろう。というのも、この新妻は、必然的に*Mẹ Ghẻ*に、「冷たい母（継母《ままはは》）」にならざるを得なかったからだ。しかし父親は、祭壇の上から自分を見守り、導いてくれる自分の父や先祖たちから受け継いだ一族の名を、未来永劫引き継いでくれるべき長男を持たなかった。そこで、「冷たい母」となった第二の妻は、夫に息子たちを産み与えることで、妻としての自らの役目を果たし、さらには白雪姫やシンデレラ、おしなべて母のいない王女たちに対する継母と同じ方法で、親としての役目も果たしたのだった。

*ghẻ*という言葉はまた、「疥癬《かいせん》〔ヒゼンダニというダニの一種によって起きる皮膚の感染症〕」という意味を持つことにも触れておく必要があるだろう。自らに課された「疥癬を患った母親」という、この見た目のよくない肩書に見合うよう、彼女は、ママやママの姉たちをどうやって毛嫌いすればいいのか、前

妻が産んだ子どもたちと自分が産んだ子どもたちをいかに線引きすればいいのか、たとえ全員が同じ鼻の形をしていても、前妻の娘たちから自分たちをいかに差別化するのかを、実の子どもたちに示してみせたのだった。もしも、この「疥癬を患った母」が、自分のことを「きれいな母〔フランス語では、義理の母親のことをbelle-mère（美しい母）と呼ぶ〕」と呼んでいたなら、辛辣さがいくぶん和らいだのではなかったかと思う。ママの姉たちの美しさに対して、恐れもいくらか軽減していたのではないだろうか。彼女たちをこんなに急いで結婚させることもなかったのではないだろうか。

小砂利　*sun*

米粒にまじった、まるで数珠玉のような石や小石のかけらを取り除きながら、年下だったママは、次に自分が結婚させられるものと待っていた。「冷たい母」は、服従としつけを教え込むためにといって、料理人たちにママを手伝わぬようにと命じた。そこでママは、しなやかになれるよう、人の目に留まらず、人の目に映らぬまでに身を処す術をとりわけ学んだのだった。実の母が亡くなったとき、周囲の人はママに、地上の借りをすべて払い終えたからこそあの世へ発《た》ったのだと言った。そこでママは、米粒にまじった石がまるでこの世に対する自らの借りの一部を成しているとでもいうように、あたかも自身が飛び立つのを妨げる重荷になっているとばかりに、それを取り除いたのだった。無重力状態へ至るようにと願いながら。一食一食、一日一日と、米から取り除いた不純物で壺がみたされてゆくのを見ては喜んだ。ママは、この壺をマンゴーの木の下に埋めて隠していたが、壺の隣には、実の母の書棚から救い出すことのできたギ・ド・モーパッサンの『女の一生』をしまっている金属製のビスケット箱も隠していた。風がハンモックをぐるりと回るように、「冷たい母」が書棚のスペースを必要としたからだった。「冷たい母」の主張は、おそらく正しかった。天井に掛かった布の裾がうちわ代わりとなって、眠りについた夫の身体の真上に溜《た》まった空気を移動させたのだから。

シーリングファン　*quạt*

父親の昼寝を邪魔しない程度に熱気を追い払うよう、規則的なリズムを刻みながら左から右へとファンを動かすためにロープを引っ張るのが、ママの役目だった。父親と過ごすこの特別な瞬間を、ママは気に入っていた。反復動作がもたらす心地よさが、父親を安心させているだろうと確信できたからだ。父親も、家族の調和が存在していると信じることができた。

ときおり父親が、気がかりなことがあって眠れないので『キエウ伝』を暗誦《あんしょう》してほしいと、ママに頼むことがあった。家族を救うために身を捧げた若い女性の物語で、三千以上の詩句から成るこの詩が存在し続ける限り、いかなる戦争であってもベトナムを消滅させることはできないだろうという人もいる。おそらくこうした理由から、一世紀以上にもわたり、文盲のベトナム人であっても詩節をまるごと暗誦することができるのだ。

ママの父親は、子どもたち全員にこの詩が暗誦できるよう求めた。ベトナム人の魂に不可欠な純粋さと献身という二つの色を、作者が詩で描写したと考えたからだ。ママの母親は、この詩の冒頭句が重要なのだと言った。あらゆるものが変わり得ることを、一瞬にしてすべてがひっくり返ってしまうこともあるのだと、読者に気付かせてくれると考えたからだ。

百年間が人の命の時、
戦場の地

そこでは無慈悲にも宿命と才能が敵対し、
大海がとどろく、桑の木が青々と茂る場所で
この世界の見世物があなたの胸をしめつける
なぜ驚くことなどあろうか？　代償なしには
何も与えられないのだから
青き空がバラ色の頬を持つ美しさを
執拗に攻撃するということはよくあるのだから[†2]

出自　*nhân dạng*

伏兵が放った最初の射撃音で、ママは、自らの人生がひっくり返る経験をした。伏兵は、二つの川岸に挟まれて、東と西の境界で、切れ長の目をした生徒たちに矛盾も見出さぬまま「私たちの祖先はガリア人です」と言わせる教育を施していた当時の体制側と、独立を求めるレジスタンスとの境界に身をおいて、射撃を行った。最初の一斉射撃の弾丸が乗客にあたったとき、ママは、メコン川を行き来する小帆船の一艘に乗船していた。とっさに、

皆が身をかがめた。そして、とっさにママは、二度目の一斉射撃を準備していた沈黙のあいだに頭をもたげた。ママの隣にいたのは、歯の欠けた、肌が甲羅のようにかたく、鋭い眼差しをした高齢の男性だった。ママに、頭を下げ、すべての書類を投げ捨てるようにと言った。「命が惜しいなら、出自はお捨てなさい」と。

二本の射線　*hai làng đạn*

その後は、カオスだった。両親にもう一度目を覚ましてくれと泣きつく子どもたちの涙、柳の枝で作られた鳥かごのなかで暴れる雌鶏の鳴き声、落下物が左から右へ、右から左へと落ちては滑り、まじりあっては未知の、とはいえよく耳にはしていたパニック状況下特有の不協和音から成るメロディーを生み出していた。衝突の数々が、日常の間隙に組み込まれていった。バッタ相撲に興じる少年たちと同じスペースを分け合って縄跳びをする少女たちと、こうした衝突が共存していたのだ。住民たちは日中になると公務員へ金を渡し、夜になるとレジスタンス運動家へ米を渡すことを学んだ。彼らは、目には見えず、時間によっても変更されるような領土間を隔てる境界線にあって、どちらの領土であろうと足をつけぬよう、足音を忍ばせては二本の射線〔射撃時の、鉄砲身の軸の延長線を指す〕の内側を歩いた。互いに敵同士となってしまった二人の息子を愛する親のごとく、両者を胸に抱きしめながら、中立を保った。

自らの出自を明かしてしまうような書類を持たなかったので、ママは、武装した男たちから、立ち上がって後についてくるようにと言われたときも、中立で居続けることができた。三歩行ったところで、ママは気を失った。彼女の白いチュニックが、鮮血の染みで汚れているのを目にしてしまったのだ。ママは、自分が負傷したと思ったのだが、それは隣にいた老人を含む他の乗客たちの血だった。銃身の先と銃床の殴打によって下された命令を前に、隣にいた老人は落ち着き払っていた。

忍耐　*kiên nhẫn*

慣れ親しんだ音に囲まれて、ママは藁でできた掘立小屋の片隅で目を覚ました。すぐそばで、石炭がぱちぱちいう音やニッパヤシの葉擦れの音、ひそひそと話す声が聞こえてきて、犬の鳴き声やら、木製のまな板を包丁が規則的にトントンと打ちつける音が、時々これにまじった。細かく刻んだレモングラスの匂いが、頬をなでる母親の手のように、ママの鼻孔をかすめた。ママから恐怖心が消えていった。とはいえ、この見知らぬ、なじみもない世界に対して目を閉じることはしなかった。この村には「女」や「男」、「おば」や「伯父」の区別はもはやなく、仲間しかいなかった。ママは自らに名前をつけた後に、初めて目を開けた。こうして仲間の「ニャン」となったが、この名前は、出自につながるような荷物も家族も持たなかった。「ニャン」という言葉は、異母弟妹の汚れた衣服が入ったたらいをいくつも前にして、ママが何度も口にしていた言葉だった。それで、当然のごとく思いついたのだった。異母弟妹たちが故意につけた染みや汚れの一つ一つは、綿の白色には致命的で、マルセイユ石鹸のように七十二パーセントのピュアベジタブルオイルを含んだ石鹸の効果に挑む戦いとなった。ママは声をひそめて「*kiên nhẫn*（忍耐）」――この言葉は、ママにとってはマントラ〔仏に対する賛歌や祈りを表現した言葉〕そのものであり、さらには完遂を表してもいた――と発音した。というのも、いつもながらしまいには、水に濡らして石鹸をつけた布がこすれ、ひそかに魅惑的なメロディーを奏でるのが聞こえてきたからだ。

ママは、この村でニャンとして五年のあいだ暮らした。他の名前と同様、表意文字としてメッセージを有するこの名前で。自分の名前に「決意」（*Chí*）を選んだ者もいれば、「祖国」（*Quốc*）を気に入って選ぶ者もいた。思い切って「勇気」（*Dũng*）や「平和」（*Bình*）を選んだ者もいた。「蘭」（*Lan*）、「繁栄」（*Lộc*）、「雪」（*Tuyết*）という名前は、みな断念していた。

この村の周りには柵も有刺線もなかったから、ママは逃げることも、自宅に戻ることも、おそらくはできたはずだった。しかし、誰一人として彼女を虐待する者も、縛る者も、尋問する者すらいなかった。ただ愛国心やら勇気やら、独立、植民地主義、犠牲についてレポートを書き、説明してみせるよう、ママに要求しただけだった。ママの両親の名前を尋ねることも、兄弟姉妹の人数を尋ねることもなく、とりわけ実名についてはただの一度も聞かれたことはなかった。レジスタンスのメンバーは、個々の生活を超越する集団の目的のために、自分自身で家族のもとを去っていた。多くの者が自ら望んでレジスタンスに加わったという点が、彼女とは異なっていた。自らの祖国でもあるこの国に対して、彼らと同じように無条件の愛を一度として感じたことがないのを、ママは恥じた。この、目には見えない国境の内側にとどまりたいと望んでいることを恥じた。敵地である反対側の河岸で過ごしたあとに、もしも家族のもとに戻って暮らそうなどとしたならば、裏切り者という嫌疑や糾弾を家族は浴びせられるだろうから、その一切をママは家族に免れさせようとした。ママは、自らこうしたことを経験しないよう、自分のためにもそこにとどまった。この村では、ただ後について、見倣うだけでよかったのだ。

地雷　*min*

最初のうちは、調理担当者たちのルーティンワークを見倣ったり、医療行為を任されているグループのあとについて行ったりした。時間が経って両足にたこができ、硬くなった傷跡でひとたび武装されてしまえば、ママは何週間も歩いては、フランス語からベトナム語へと翻訳するために出かけてゆき、熱帯林のど真ん中で地雷製造をしている者のために、化学の教科書を何冊も訳したりした。ある日、ママは、ベトナムスタイルの褐色シャツを着た仲間の女性について行くよう命じられた。この女性は、ママを市場へと連れ出した。市場では色褪せたラベンダー色の作業着を着た女性が、ママに天秤棒を渡した。天秤棒の一方には空心菜の入った籠が、もう一端には山芋が入っていた。竹でできた担い棒をママが肩にのせると、この巨大な根菜の重さで、天秤棒が後方へと傾いた。最初の数秒間こそママはバランスを崩したものの、しだいに自分の歩調と二つの荷物のリズムとを、シンクロさせられるようになっていった。

ママは、群衆にまぎれて、橋の上にある検査所を通過することができた。橋を渡りきって、通りを何本か抜けたところでラベンダー色の作業着の女性を見失ってしまったが、ほんの少し行った先で、別の女性がママの腕をつかんで呼び止めた。

――お嬢さん、おたくの今日の山芋は、デンプンをたっぷりと含んでいるんじゃないかい？　美味しそうだものね。うちの息子が歯を抜いたばかりでね、米粥ばかりじゃなんだから、山芋粥をつくってあげたいと思ってね。あの子は難しい子だから。でもいい子なんだよ。私は山芋をすりおろすのが苦手でね。両手がひりひりしてしまうのさ。私を手伝ってはくれないかい？　うちにきて、私の代わりに山芋をすってはくれないかい？　来ておくれ！　私と一緒に。

この女性についていったママは、レジスタンスのために、そうとは知らぬままにスパイの仕事を始めていたのだった。

父親　*cha*

何週間もこの女性宅の台所で過ごしたあとで、ママは、再び自分の存在が役立つような別の家へと移り住んだ。ドリアンのプランテーションを横断することになったこの移動中、幸いにも夜半にしか落ちないという、棘《とげ》の生えた重たいドリアンに囲まれながら、二人の男性と話をしている父親の姿を見かけた。ほんの小さな少女みたいに、父の元へと駆け寄りたいという本能的な欲求にママは駆られた。円錐形の帽子が後ろに滑り落ちて、衝動が表にあらわれてしまうようなママの視線に、連れの女性が気がついた。視線と同じ方向へママの身体がくるっと回ろうかというときに、「*Dừng*《ドゥン》」という言葉が聞こえてきた。連れの女性は「だめよ」「やめなさい」「歩くのよ」などとは言わずに、ただ「こらえるのよ」とだけママに言ったのだった。ママはくるりと向きを戻した。五年間で、父親はひどく歳を取ったようだった。堂々とした行政官としての姿勢はなお保ってはいたが、頬はくぼみ、笑顔をつくる筋肉を失ってしまったかのようだった。ママは、父親に姿を見られてしまったのではないかと恐れた。もし見られてしまったら、父にはさらに重荷がのしかかり、打開せねばならぬ面倒が増え、なかでも当局者たちへ何百と返答しなければならなくなってしまうからだ。

　これが、ママが父親を見た最後となった。ベトナム人が*sầu riêng*と呼ぶドリアンの下で。この日まで、文字通りに訳すならば「個人的な（*riêng*）／悲しみ（*sầu*）」という二つの言葉からなるドリアンの名前について考えたことなど一度もなかった。もしかしたら、ドリアンの果肉のように「悲しみ」もまた、棘の逆立つ鎧に覆われ、ぴたりと密封した仕切りに閉じこめられているので、人はこのことを忘れてしまっているのかもしれない。

白い　trắng

実の父が誰なのか、知らされたことはない。口の悪い人たちは、私の鼻がほっそりしていて肌が透き通っていることから、父親は白人で、身長が高く、植民地の開拓者だったのではないかと言う。ママはよく、私の肌がここまで白くなるよう、ずっと願い続けてきたのよと話していた。バインクオン（*bánh cuốn*）〔ベトナム北部の料理で、乾燥していないライスペーパーを使う〕ほどに白く、と。ママは私を、このベトナム風クレープの店へと連れて行き、熱湯の入った巨大な鍋の上に直置きした綿布に、女商人が米粉を混ぜたものを伸ばして広げるのを見せてくれた。彼女は、液状の生地が布全体に広がるよう、お玉をぐるぐる回しながら伸ばしていった。数秒で、クリーム状の液体が半透明の薄皮となり、それを竹稈《ちくかん》を削って細長いへら状にしたものを使って、はがしていった。ママは自らを、娘の肌が雪の反射や陶器の輝きに比肩するよう、昼寝をしているあいだにクレープで覆ってしまう方法を知る、ただ一人の母親だと言い張った。蓮の花が、生育する沼地が悪臭を放っているにもかかわらず香りを保つのと同じやり方で、私もこの純粋さを一度たりとも非礼で穢《けが》されぬようにしなければならなかった。

ママはまた、鼻を高くする秘訣も知っていた。アジア人女性は、シリコンのインプラントを挿入して、鼻骨の突起部分を高くしようとする。西洋人並みに鼻を高くするのに、ママは、毎朝私の鼻を九回そっと引っ張るだけでよかった。まさに私がマンという名前を持つ理由である。「完全に満たされている」「他にもう何も望むことがない」「すべての願いがすでに聞き入れられた」という意味を表すマンという名前を。私の名前が、この満たされた状態を課している以上、私はもう何も要求することができないのだ。修道院を出る時に人生のあらゆる幸福を摑むことを夢見た、ギ・ド・モーパッサンの主人公ジャンヌとは対照的に、私は夢をみることなく成長した。

厨房　***bếp***

ママは、私たちが穏やかで、いかなる時であっても落ち着いた生活が送れるよう整える術を知っていた。私はこの空間を、モントリオールの二本の水流に囲まれた、夫が経営するレストランの厨房に、再び見出すことができた。外界の動きは、換気筒の絶え間ない騒音によって遠ざけられていた。時の流れは、何時何分という時間によってではなく、金属棒の隙間に差し込まれたオーダーの数によって刻まれた。夏には、過酷な暑さが一日の流れを狂わせ、風の向きを変えてしまう。冬には、中庭に面した防火扉がずっと閉め切られ、厨房を密閉された金庫へと変えてしまった。換気筒の格子の清掃スタッフが、通路に再び息を吹き込むことのできる、ただ一人の人間だった。彼は、ひと月に一度やってきた。いつであれ、まるで苦境に立たされたかのように、いとも激しくドアを叩くのだが、単に顧客リストと、油を使わずきれいな手をした妻から急かされているに過ぎなかった。彼はまた、気温の話題を持ち出して挨拶ができるよう、私におしえてくれた人物でもあった。

——お天気ですね。

——暑いですね。

——ひょうが降っていますね。

——雪が降っていますね。

——風が吹いていますね。

——雨が降っていますね。

質問　*câu hỏi*

ベトナム南部では、気温について話すことなどまったくない。気温の話題に触れずにいるのは、おそらくこの厨房のなかのように、季節も変化もないからだと思う。あるいはもしかしたら、私たちが物事をあるがままに受け取るからかもしれない。私たちの身にふりかかったままに。なぜ?どうして?などと質問すらしないままに。

料理を並べていた小さなスクエア・スペース越しに、客であった弁護士たちが、答えをすでに持ち合わせている質問しか尋ねてはいけないのだと話しているのを、かつて耳にしたことがあった。答えの用意されていない質問をするくらいなら、黙っているほうがいいのだと。自分自身の質問に、答えなど一生見つけられないだろう。恐らくそのせいで私は、一度も自問したことがなかったのだ。自分のオープンと自分のベッドをつなぐ階段を、上っては下りてを繰り返すばかりだった。夫はこの階段スペースを冬の寒さや、いつ訪れるとも限らない外界の不安定さから私を守るべく、設《しつら》えてくれたのだった。

道端での食事　*ăn hàng*

私がモントリオールにやってきたとき、夫が経営するレストランのメニューは最低限のラインナップしかそろっておらず、ベトナムの通りに建ち並んだレストランのメニューと同様、料理は一種類で、名物料理はただ一品という状態だった。ハノイの旧市街では、品物が通りごとに決まっていて、街を縦横に埋めつくしていた。ビーフンの通り、墓石の通り、金属製品の通り、塩の通り、扇子の通り……。今日では、竹製のはしごが薄布屋の通りで販売されていたり、シルクの衣服が麻販売の通りで売られていたりするが、職人たちは、かつてのように横並びになって営業を続け、同じ商品を提供している。短い間ではあったが、ママと私はハノイで、薬草チキンの通りに住んでいたことがあった。鶏肉煮込み（*gà tần*）のレストランが二列になって建ち並ぶ中央にある、三階部分がベンガルボダイジュの大木を囲むようにテラスとなったレストランが、私たちのお気に入りだった。

苦味　*đắng*

夫が初めて病気に罹《かか》ったときに、私はこの料理をつくってあげた。ハスの種、銀杏の実、乾燥クコの実と一緒に、鶏肉をとろ火にかける必要があった。信じられているところによれば、ハスには永遠の一部が含まれており、銀杏は、その葉が脳の形をしていることから、神経細胞を強化するといわれている。クコは、皇帝や皇女の時代から、その薬用効果が書物でも証明されている。この料理の効用は、おそらく下準備に割く細心の配慮によるところもあるだろう。とろ火で長時間煮込むのにくわえて、柔らかな銀杏の実をまるごと取り出すために、殻を毅然と、しかしそっと割らなければならないのだ。同じように、苦味が残らぬよう、ハスの種の青い芽も取り除かなければならない。

マンゴーや唐辛子、チョコレートとは対照的に、身体を温めないと考えられている「冷たい食材」に含まれることが多い苦味は、取り除かれることはめったにない。いとも簡単にその味のとりこになってしまう食材は、身体を壊してしまうので、控え目に摂取しなくてはならないと考えられている一方、苦味を持った味わいは、身体のバランスを回復させると信じられている。睡眠を促すためにハスの芽を煎じて飲む人もいるくらいなので、芽を除去するために一粒ずつ種を割ってみる必要などなかったのかもしれない。しかし私は、極端な味、あるいは極端な感覚などの過剰さを避けたかったのだ。

風に爪をたてる　*cạo gió*

夫が発熱していた三日間、私は、一口ずつ口に運んで食事を食べさせてあげた。ベトナムでは死因が不明だった場合、あたかも不純な風が私たちを死へと至らしめたのだとばかりに、風を責め立てる。だから私は、悪い風を追い払うようにと、夫にシャツを脱ぐように言い、タイガーバームを少量塗って湿らせた陶器のスプーンで彼の背中をこすった。こんなに間近で男性の肌を見たことは一度もなかった。骨と骨のあいだや脊柱をなぞりながらこすっては、彼の骨格をかたどっていった。深紅の斑点が表面にあらわれ、熱を逃した。これまで感じ取れていなかった夫のあらゆる苦悩さえも、おそらくは逃してくれたのだった。古来から続くこの所作を、私は、自分のただ一つの拠り所となった、まだよくは知らない大の世話をするために繰り返した。夫を元気づけ、彼の肌に手をうまく滑らせる方法を知っていたならばよかったのにと思った。私はただ、中国の工場と我が家のアパルトマンとを長旅した匂いがまだ残る毛布で、彼を温めることしかできなかった。

コーヒー　*cà phê*

夫は、起き上がれるようになるとすぐに客を入れて、トンキンスープの提供を再開した。客の多くは独身男性で、ベトナムから妻がやってくるのを待っているか、航空券の購入に必要な額が貯まるのを待っていた。大半の客が週に三度か四度、スープを一杯飲みにやってきた。土曜か日曜の朝にもやってきて、開店前に夫とドリップコーヒーを飲み、妻を待ち、貯金が貯まるのを待つ長さと、グラスの底にたまったコンデンスミルクに滴《したた》るコーヒーの一滴一滴の緩慢さとを比べたりもした。同じ朝食をみなに出したが、朝食の内容は、私が空想のなかで訪れたベトナムの通りに合わせて、その日ごとに周期的にかわった。

日本ではそれぞれの街に特産の銘菓があると、むかし読んだ記憶がある。出張に行った男性は、訪れた街の菓子折をおみやげに持ち帰る習慣があるのだと。ときには住む場所を離れることなく、妻から一時的に離れて愛人と過ごす者もいるという。ときどき現実の人生から離脱して、休暇を取るのを自らに許しているのだと。こういったわけで、さまざまな街の銘菓を男性たちに販売し、こうした類の不在に備える店舗があるのだという。

ベトナムの街や村にもご当地銘菓があるのは、日本と同じ理由によるものか、あるいはもしかしたら至る所、似たような理由があるのかもしれない。薄く張ったトマトソースで蒸し煮にした、小さくカットされたバラ肉を包んだポークミートボールを客に準備しようと思いつくには、こうして頭を巡らせ、サイゴンの大中華街であるチョロンに戻ってゆくだけで十分だった。ごく自然に、あたかも、ずっとフランスが中国とベトナム料理の伝統を部分的に担ってきたのだとばかりに、このミートボールは、バゲットパンと一緒に供される。もはや友人でもある夫の客は、料理が盛られた皿やどんぶりを受け取るたびに、週を追うごとに、ますます生き生きとした眼差しになっていった。

そのなかに、沿岸都市であるラックザー出身の者がいた。ラックザーは、煮魚の汁ビーフン発祥の地である。汁ビーフンには、焼き色をつけた小エビと豚肉入りの小エビの卵がのっている。私が、ラックザー出身の客のどんぶりに、小さじ一杯の酢漬けニンニクをかけて味つけしたとき、彼の頬には涙が流れた。彼はスープを飲みながら、自分の土地を、自分が育ち、愛情を注いでもらった土地を味わっているのだとささやいた。

忙しい週末の朝には、友人となった客たちは、醤油で塩味をつけた目玉焼き（*ốp la*〔フランス語で目玉焼きを意味するau platの音をベトナム語で表したもの〕）でくるんだおにぎりで満足してくれた。彼らはこうして、ある種、穏やかな幸せを感じながら休日をスタートすることができたのだ。

塩　*muối*

初めは一人で来ていたこうした客たちも、数カ月もすれば仕事の同僚や近所の知り合い、女友だちと一緒に店を訪れるようになった。入り口で客が待つようになり、しだいにその列が外まで、それから歩道にまでのびていくと、私が厨房で夜を過ごす時間も増えていった。ほどなくして客はトンキンスープを注文しなくなり、レストランに来る前に何がメニューにのっているのか分からなくても、ショーウインドーに掛けられた黒板に目を通さぬまま、日替わり定食を選ぶようになった。一日にたった一つの選択肢しかなく、一度に一つの想い出のみに限定されていたにもかかわらず。というのも、感情が皿の限界を超えてしまわぬよう、私は大いに努めなければならなかったのだ。テーブルの塩入れが偶然落ちて、床が白い粒で覆われてしまうたび、日常の配給が三十粒に限定されていたときにママがしていたように、それを数えなくて済むよう、我慢しなくてはならなかった。幸いにも、客が増えたおかげで、視線を止める暇などなかった。

衝動的に　*hồn nhiên*

洗わなければならない皿の数があまりにも多くなり、ほどなくして数えきれなくなってしまった。そこで夫は、若いベトナム人男性を雇うことにした。若い従業員は、けばけばしいほどの笑みを浮かべながらやってきた。口を開く前から、お腹のなかで迸《ほとばし》る機嫌の良さが音となって聞こえてくるかのようで、まるで弾けるポップコーンみたいだった。ポケットから取り出した黄色いゴム手袋を、彼が「ターラー！」と叫びながらはめてみせると、思わず私は、とてつもない大声をあげて吹き出してしまった。これほど衝動的に、しかもこれほどけたたましい音を自分が発声できるとは思ってもみなかった。この若い従業員はすぐに私の弟となり、人生が乗り越え難いほどの試練を課したとしても、決して消えることの無い太陽の光となった。弟はわずかでも時間があれば、勉強に費やした。食洗器の湯気に頭を覆われながら、物理学の公式を繰り返した。セラミックの壁に元素周期表を貼りつけ、分析するよう宿題に出された小説のページの余白に、語彙の定義を書き込んだ。あらゆる努力にもかかわらず、彼は哲学とフランス語の試験に何度も失敗していた。私が出会ったとき、弟にはラストチャンスが残されるばかりとなっていた。私は彼の宿題を読み、小論文を直しては幾晩も過ごした。

誤り　*lỗi*

文字が書けるようになると、停電があろうがなかろうが、毎晩ママから書き取り練習を課されるようになった。コップサイズのほのかなオイルランプの光のもとで、ママがモーパッサンの本を読み聞かせてくれた。炎の明かりにあわせて、座る位置を交替したりもした。一文一文、書き終えるごとに、論理的な観点から、さらには文法的、統語論的観点から分析をしなければならなかった。眠りにつく前にママは本を金属製の箱の奥に戻して、隠し場所にしまった。海外の書物は排斥され、なかでも海外小説は、より厳密に言うと、たわいもないその作り話から排斥の対象となっていたために、最大の秘密となっていた。

雷 *sét*

この書き取り練習のお陰で私は、太陽のごとき弟が哲学の教師から渡されたという十個の質問に備えることができた。弟が答えるのは一問だけだったが、試験本番までどの質問が出されるのか分からなかった。そこで私は、弟のために十問分の答えを作成し、彼はそれを丸暗記した。というのも、私のベトナム語のレベルでは、彼に説明したところで十分な理解を促すまでには至らなかったからだ。しかし弟はこうして修了証を手にし、週末はなおも手伝いに来てくれながら、職をみつけた。ある晩、弟は勤め先の工場で、その日の昼間に、最近採用されたばかりの若い女性がそばを通りすぎたのだと話してくれた。私のほうを振り向くでもなく、弟は、頭のてっぺんから足先まで自分の身体中を走り抜けた電流をまねてみせるために、大きな鍋をシンクに落としてみせた。黄色い手袋をはめた両腕を高く振り上げると、今度はあたかも雷に打たれたかのようにどっしりと地べたに根をおろしてしまった。私は弟のトランス状態を目の当たりにして、彼が錯乱状態に陥り、気がふれてしまったのだと思って、開いた口がふさがらなかったが、彼はただ恋をしているだけだった。恋をしているとこんな風になってしまうとは知らなかったので、私には、それが恋をしている者の状態だとは気づけず、分からなかったのだ。しかし、自分にとってほとんど見知らぬこの若い女性に弟が言い寄るのを手助けしようと、私はシラノ・ド・ベルジュラックを演じることで、彼の陶酔の航跡へと運ばれていったのだった。

刺繍する　*thêu*

ベトナム出身の彼女はバッチという名前で、移住してまだ間もなく、ベトナム南端にある故郷の村を離れて気持ちが沈んでいた。バッチはモントリオール郊外のおばの家で暮らしていた。塵《ちり》ひとつ落ちていない大きな家で、部屋ごとに専用のスリッパが置かれ、まな板さえそれぞれの用途が決まっているほどだった。このおばが、バッチと彼女の六人の家族をサポートしてきたのだった。カマウに残り、輸出向けのテーブルクロスを友人たちと刺繍していたいと望むこともできたかもしれない。しかしこのおばが、未来の描けない生活などあきらめて、次の世代が教育を受けられるように、親は犠牲になるべきだとバッチの両親を説き伏せた。こうしてバッチは、今度は電子ボードの製造工場で働き始めた。一度に一か所、針でスペースを満たす作業にはすでに手が慣れていたので、バッチは簡単に回線を溶接することができた。

太陽のような弟は、私が台所に置いておいたものをバッチへと届け始めた。キャッサバケーキの切れ端やら、カニ炒飯やら、生姜としいたけをあえた鶏肉など……。初めて自分のおばの家にバッチを連れて行き、紹介することができたときには、弟は私のところまで駆け寄り、不死不滅の若者ならではの激しさで、私の前で喜び叫んだのだった。しまいには、結婚さえ受け入れてもらえた。バッチが、一日四時間ものバス移動を節約できるとあって結婚に同意したのか、愛されることを受け入れたから結婚を選んだのかは、私には分からない。それでも結婚式はとりおこなわれた。

飾り台　*mâm*

　私は婚約の準備を進んで引き受けた。というのも、太陽のような弟の父は、週に六十時間もブレーキパッドの製造工場で働き、さらに十時間をピザの宅配に費やしていたからだ。いっぽう弟の母は、激しい片頭痛と鎮痛剤によって酔いどれ葦《あし》のようになってしまい、隙間風に当たっていつも吹き飛ばされていた。ときおり、彼女の頰にささやき声からもれた微風がかかるだけで揺さぶられてしまい、これまで歩んできた半生が額に地図となって現れ出てしまうのだった。そういうわけで、新婦の家に届ける贈り物を包装するために昔から慣習的に使われてきた半透明の赤い紙を、弟の自宅の客間で工作するなんてことは論外だった。折り目一つ、動き一つでさえ母親の皮膚を痛ませるには十分な騒音となってしまうのだった。彼女が壊れないよう、傷つかないよう、動揺しないよう、私たちはレストランのホールに指令本部を構えた。

幸福　*hạnh phúc*

婚約前日、会場は赤く染まって輝いていたが、この赤色は愛を意味するのではなく、幸運を意味した。縁起をかつぐため、すべての贈り物が、幸運を表すこの色に包まれていなければならなかった。新郎新婦はみな、ただ一つの同じ人生が築けるよう二人に約束してくれる安定したバランスを見出すために、多くの運を必要としていたからだ。こうして一つになった人生が、今度は他の新婚夫婦の人生を支えることになるのだ。皆、二人に対して愛ではなく幸運を祈念し、しかも重ねて願った。幸運の文字は二度記され、最初の文字に重なるよう、鏡文字として、クローンのように記された。リスクを冒そうとする者などいなかったので、贈り物を載せた飾り台のすべてが例外なく、「幸運」という文字の刺繍された鮮やかな赤い布で覆われていたが、文字はたくさん刺繍されているというよりは、二重に施されていた。

幸いにも若い新郎新婦は、彼らよりも前に結婚という試練を経験してきた夫婦たちの懸念に侵されることなどなかった。二人は祝宴のためにそこにいて、幸運が結婚とともに必ずや訪れるのであって、そうでなければ、結婚が幸運とともに訪れるものとばかり信じていた。

ビンロウの実　*trầu cau*

事が運ぶ一助となるべく、さらには人生の常なるリサイクル・システムに一役買うべく、夫は友人となった客たちを動員して代表団を結成し、式当日の朝、贈り物が載った飾り台を運んでもらった。子豚の照り焼きは一番の力持ちに託され、飾り台に載ったお茶のギフトボックスやワインボトル、ビスケットなどを、残った者で手分けして運んだ。従兄弟たちが、アクセサリーや酒の入った小型ティーポット、キンマの葉とビンロウの実〔砕いたビンロウの実を、うっすらと石灰をつけたキンマの葉にくるんで、一緒に噛む嗜好品〕を載せた飾り台の責任者をつとめた。今日のベトナムで、ビンロウの実をいまだに噛んでいる者はめったにいないが、出会いの始まりをこの実がなおも象徴し続けている。百年にも満たない以前までは、ベトナム人は光沢のある木箱とともに、来客をもてなした。木箱のなかには円柱形の乳鉢が入っていて、それでビンロウの実を割り、石灰でうっすらと覆われた葉で、砕いた実を巻いたものだった。常習者は、キンマとビンロウと石灰がまじり合うことでコーヒーと同じような刺激が得られるのだと語り、心臓が弱い者は、めまいをともない、さらには酩酊状態になってしまうのだと言う。ゆっくり噛むことで効果があらわれ、唾液を赤く染めて酩酊の赤となり、この赤が、今度は永遠となる結びつきを物語ることで、愛の赤となる。

言い伝えによれば、双子の兄弟がかつて同じ少女に恋をした。兄が少女と結婚し、弟は悲しみに打ちひしがれ、兄に気づかれぬよう村を離れた。恋の悩みを抱えた弟は、衰弱するまで歩き続けて石灰岩になってしまった。自分の分身である双子の弟をみつけようと、兄も同じ道をたどった。そして石灰岩の横で疲れ果てて力尽き、ビンロウになってしまった。妻は夫の足跡をたどり、まさに同じ場所で、石灰岩を守るように生えていたビンロウの幹に巻きつく、ハート形の葉っぱをした蔓《かずら》にかわった。私は、このひどく悲しい結末を持つ三角関係が、なぜ幸せな結婚の象徴になり得たのだろうと、いつも不思議に思っていた。今では、私たちが先祖のことを誤解していたのではないかと思っている。先祖代々、結婚の行列の先頭にキンマを載せた飾り台が配されてきたのは、不可能な愛の危険性を新郎新婦に警告したかったのであって、幸せな結婚を意味しようとはしていなかったのではないか。あるいはもしかしたら、愛は死をもたらすと私たちに告げたかったのだろうか。

先祖への挨拶　*lại tổ tiên*

若い新郎新婦がどんなに身を低くしてひざまずいても、たとえ鼻先を地面につけても、祭壇上の壁にかけられた遺影の先祖が、本当の理由をおしえてくれることはないだろう。線香が焚《た》かれるのを眺め、世代から世代へと慣習が受け継がれるのを見届けるだけで、先祖はもはやよしとすることだろう。いつかは、義理の母が、新しく迎える嫁にイヤリングを贈らなくなる日がくることを知っている。もうすでに、婚約の際に母が新婦の耳たぶに、芽を意味する金の玉をつけてあげることを覚えている人は、ほとんどいない。結婚の際には、それを新婦の開花、つまり処女喪失を表す、満開の花の形をしたイヤリングにつけ替えてあげることも。

さようならを言う　出発地まで誰かに付き添う　*tiễn đưa*

義理の家族から私が受け取ったのは、価値があるに違いないたった一通の封筒だった。というのも、同封されていた書類は、私に別の場所を、見知らぬ人との未知の生活を可能としてくれるものだったからだ。私には父も先祖もいなかったので、婚約や結婚の式は避けたほうがよいだろうと皆が考えた。見送りをしてくれるいとこや友人らの列もないままに、私は、ほかの乗客となんらかかわらず、空港へ向かった。エアターミナルの前には何百という人がいて、老若男女、流す涙あり、交わす約束あり、乱れる感情に皆が包まれていた。その時代には、いつかは戻ると期待することなく出発したものだった。ただ忘れずにいることだけを約束して。子どもに忠誠と感謝の念を期待するベトナム人の母たちと異なり、ママは私が忘れることを望んだ。ゼロからやり直し、荷物も持たずに出発して、もう一度自分を創造できる新たなチャンスを持てるのだから、忘れたほうがよいのだと。しかし、どだい無理な話だった。

家族　*gia đình*

ベトナム人同士が出会うと、たいてい出身村と家系という二つの話題が、会話の口火を切る主題となる。私たちは先祖の人となりそのものであって、私たちの未来は、私たちの前を生きた彼らの人生の一挙一動が決めているのだと、固く信じられているからだ。私が一度も会ったことのない祖父のことを、最年長者たちは実際に、あるいは名前だけでも知っていた。最長寿には届かない者たちも、ママの兄弟姉妹のことは知っていて、私がおじやおばに似ていないことも分かっていた。ほっそりとした足をうらやむ人もいたが、私の、あまりにも際立つ曲線の背後に隠された、常軌を逸する物語をおそれもした。ベトナムで子どもを養子に迎えたケベック人の女性客たちだけが、色眼鏡をかけずに私に近づいて、真《ま》っ新《さら》なページを与えてくれたのだった。

友情　*tình bạn*

ジュリーは、厨房から私が料理を出していた窓枠に、頭を入れてのぞき込んできた初めての人物だった。ジュリーの笑顔は、窓枠の向こう側からこちら側まで伝わってきた。まるで最初の口づけの跡を発見したのではないかという考古学者みたいに、歓喜しながらジュリーは私に挨拶をしてくれた。すぐに、最初の一言が口にされるよりも前に、私たちは友だちとなり、時間が経つにつれて姉妹となった。娘を養子に迎えたときと同じように、過去を尋ねることなくジュリーは私を迎え入れてくれたのだった。午後になると映画館へ私を連れ出し、彼女の家で古典の名作を見たりした。冷蔵庫を開けては、その日の気分であれやこれやと、なかにあったものを私に味わわせてくれた。燻製肉に豚肉入りのパイ、ケチャップにベシャメルソース、セルリアックやルバーブ、バイソン、プディング・ショムール〔ケベック州で大恐慌の際に安価で手に入る食材で作られたデザート〕、酢卵などなど。ときどき、私と一緒に調理をするといって、来てくれることもあった。バナナの葉を重ねた層でもち米を包むために、どうしたらもち米を潰さずに層となったバナナの葉をぎゅっと束ねられるか、ジュリーにやってみせた。繊細なバランスについては、いつだって言葉で説明するよりも、指で感じ取ったほうが分かりやすい。

　毎年一月末になると、ベトナムの旧正月用に、友人や遠方の親戚に贈りたいと夫が望むので、かつて彼の母親が出身村でやっていたように、米をバナナの葉で包んだこのちまき料理を何ダース分も用意する必要があった。熱湯のなかで長時間ゆでられたバナナの葉の香りは、テト〔ベトナム旧暦の一月一日〕を迎える数日間を夫に思い起こさせた。近所の人々が総出で、月のように薄っすらと黄色く、すべすべとした緑豆のペーストを包むおもちの巻物でいっぱいになった鍋の数々に、火を絶やさぬようにしては夜を明かしたものだった。

　ジュリーはよく私たちのレストランにやって来た。友人を昼食に誘い、月に一度読書クラブの集まりを企画し、家族の誰かの誕生日や結婚記念日を祝うために、貸し切り予約をしてくれた。店に来るたびに、ジュリーは私を招待客に紹介するからといっては厨房から引っ張り出して、全身で私を抱きしめた。ジュリーは、私にはいなかったはずの姉のような存在となり、私は、ジュリーの娘にとってベトナム人の母となった。

ツバメ　*yến*

ジュリーがある晩、厨房のカウンターに鍵を一本置きにきたとき、私は一滴のスープたりとも無駄にすることがないよう、ツバメの巣を完璧にきれいにすべく、細い繊維にまじるごくわずかな不純物にいたるまでピンセットで一つ一つ取り除いていたところだった。この掘り出し物は、夫が中国薬草の商人から持ち帰ったもので、一キロ数千ドルあまりで取引されたものだった。夫によると、唾液のみから巣をつくるのはツバメのほかになく、そのことからも分かるように、ツバメはひな鳥にたいして我慢強く、底無しの愛情を捧げるという。ツバメの巣を食べたことで、今度は私たちも、親になる最良の機会に恵まれた。私がこのエキスの希少価値を説明する間もなく、ジュリーはすでに私を玄関に連れ出して、隣家のドアにその鍵を差し込んでみて欲しいと言った。こうして私たちの冒険が始まった。

輪タク　*xích lô*

ジュリーは、隣家の空間を調理アトリエへとつくりかえるために、建築家とインテリアデザイナーを呼び寄せていた。出張で何度もアジアに行っているパートナーへ、金属フレームがところどころ錆びて、汗でサドルが変形した中古の輪タクをベトナムから送ってくれるように頼んでいた。その昔、マンダリン〔中国清朝の高級官吏〕が居住していた邸宅の玄関に飾られていたように、ジュリーは横長の木製パネルを壁に二枚張りつけた。パネルには、対となった二編の詩句が中国語で彫られていた。開店時に配るプレゼント用にと、十六個の竹の輪から成る支柱に編まれたラタニアヤシの葉に、詩の装飾が施された円錐形の帽子も、ジュリーがフエから注文してくれていた。ジュリーは部屋の奥に広い書棚も設え、棚には料理本や写真の本が並べられていた。校庭に建つママと私のアパルトマンの前で、毎朝「気をつけ」の姿勢で国歌を歌う小学生のように、従順なまでに直立して本が置かれていた。ジュリーは壁をぐるりと回るために私の手をとった。ジュリーが手を握ってくれていなかったら、最後の棚を目にした私は、しゃがんで膝をついてしまったことだろう。ジュリーは、私が一、二ページしか読んだことのない小説を、あるいは、ときに一章分は読んだことがあっても全部は読んだことのない小説を、列に並べておいてくれたのだった。

フランス語と英語で書かれた多くの本が、政治的混乱の時代に没収されてしまった。本の運命についてはもはや知るよしもないが、それでも一部は、断片的に切り離されたことで生き延びた。パンやドジョウ、空心菜の束を包むために本のページを割いて用いた商人たちの手から手へと渡ってゆくなかで、すべてのページが再びまとめられるのにどのような道を辿ってきたのか、もはや誰にもわからない。なぜ私が、黄ばんだ新聞の山に埋もれていた宝物に運よく出くわすことができたのか、説明できる人もいないだろう。ママは私に、見つけ出されたページは、空から降ってきた禁断の果実だと言っていた。

この貴重な収穫物から、私は、フランソワーズ・サガンの『悲しみよ　こんにちは』に出てきた「倦怠」という言葉や、ヴェルレーヌの「意気消沈」、カフカの「受刑者の」という言葉を記憶に留めた。ママはまた、アルベール・カミュの『異邦人』の次の文から、フィクションの意味を私におしえてくれた。私たちにとって、女性がこうした希望を表明するなんて、考えられなかったのだ。「夜になるとマリーは僕を探しにやってきて、僕が彼女と結婚したいと思っているのかと尋ねた」。さらに、『レ・ミゼラブル』の登場人物マリユスの物語について、冒頭と結末を知らずに彼を英雄だと思ったのだ。というのも、毎月の配給である豚肉百グラムが、一度、次の文章が印刷されたページでくるまれていたからだった。「人生、不幸、孤独、放棄、貧困は戦場であり、自らの英雄を有す。ときに名高い英雄たちよりも偉大な、無名の英雄を……」と。

辞書　*từ điển*

ママが意味を知らない言葉もたくさんあった。幸いなことに私たちは、生き字引のような人物のすぐ近くに住んでいた。その人は、ママよりも年上だった。近所の人たちは、彼が気が狂っているのだと思っていた。毎日フトモモの木の下に陣取り、フランス語の単語とその意味を暗誦していたからだ。若いうちは辞書をずっと胸に抱えていたが、その辞書も没収されてしまった。それでもなお、頭のなかでページを繰り続けていた。我が家と彼の家を隔てる鉄格子越しに、とある言葉を投げかけさえすれば、その定義をおしえてもらえた。「humer」という言葉を尋ねたときだけ例外的に、頭上すれすれにぶら下がっていたフトモモの実の一群から、もっともピンク色をした実を私にくれた。

「Humerは、匂いを嗅ぐために鼻から息を吸い込むこと。空気を吸いこむ。風を吸い込む。

霞《かすみ》を吸い込む。フルーツの匂いを嗅ぎなさい！　嗅ぐんだよ！　フトモモは、ギアナでは愛のリンゴとも呼ばれている。嗅ぎなさい！」

この教えの後では、つやつやした、フクシアの花のようにピンク色をした愛のリンゴとも呼ばれるフトモモの皮の香りを、まずは嗅いでからでないと、私はその実を口にしなくなった。陶酔を誘うほどに純粋無垢で新鮮な香りを。だから私が、読書机のまんなかに置かれた大皿にジュリーが並べた数十個のエキゾティックな石膏《せっこう》製の果物から、このフルーツを選んだのもごく当然だったのだ。石膏のフトモモを鼻にもってゆくと、まるでその白い果肉が柔らかくて本物であるかのように、ほのかに新鮮な香りが私をつかんでしまった。ジュリーは吹き出した。「本当の香りを嗅いでみたいなら、うちに来たら」と。

ジュリーは、スパイスを詰めたガラスの小瓶が数十個並ぶ、大きな戸棚のガラス戸を開けた。八角、クローブ、ターメリック、コリアンダーシード、ガランガルパウダー……。魚の立塩漬けが入った瓶は言うまでもなく、ビーフンやガレットまで収納されていた。

ジュリーはアトリエで何か月も休みなく働いて、一緒に働く私を感化しつづけた。そして、試食付きベトナム料理のレッスンプログラムを立ち上げようと、私を説き伏せた。ジュリーの勢いに抵抗できる者などいなかったので、彼女についていくことにした。

絵画　*tranh*

ジュリーが広げてみせてくれた絵画さながらに、人生が私に押し寄せた。新しい色、新しい形が、私が前進するたびに、あるいは巻かれていた巻物が広げられてゆくにつれ、明らかとなっていった。そして嘘みたいにイメージが、自らのヴェールを脱いでは場面を描写し、瞬間を語り出すのだった。突然、画家の動きが聞き取れるようになり、触れることができるようになった。同じように、私の名前——皿や袋、店頭に翡翠《ひすい》グリーンで書かれた「マン」——が声を持つようになった。アトリエに、第一号となる二十名のグループがやって来た。レシピを持ち帰り、テーブルを囲んで語られた話を繰り返すことで、生まれたばかりのこの声を大きくしていった。この冒険に胸を高鳴らせた人生が、別の人生を始動させてしまった。ついに私のお腹の温もりにやって来た新しい生命が、そのまま身を落ち着けたのだった。

錯覚　*ảo tưởng*

ジュリーと私の夫は、フルタイムで厨房を手伝ってくれる人を私のために見つけられるよう、調整に努めてくれた。ホンは私よりほんのわずか年上だったが、すでに思春期の娘を持つ母だった。ホンは、ケベック人の夫と、サイゴンのカフェで出会った。彼女はホールで給仕をしていて、夫は客だった。彼がホンにカナダのパスポートを見せると、彼女は旅の誘いを受け入れた。夜中に仕事から帰宅して、仕事着に残ったたばこの匂いと、見知らぬ男たちの手の汗の匂いとを、娘にもう二度とかがせないようにするために。夫はホンに恋をしていたけれど、ベトナムで過ごした自分の滞在にも恋していた。ベトナムでは、彼の百ドルが百万ドンの価値になり、千ドルで永遠の愛の経験を生きることができた。帰国すると、夫は長いこと、空瓶で一杯になったアパルトマンでホンのことを夢見た。

もしホンがアンディ・ウォーホルのことを知っていたなら、高々と積み上げられたビールケースで覆われた壁を、ポップアート作品として高く評価していたかもしれない。残念なことにホンは、そこに薄暗いトンネルの始まりしか見出さなかった。ホンは、長過ぎるスカートにペタンコ過ぎる靴という出で立ちをカナダで取り入れてしまったので、夫を失望させた。夫は彼女に、工場へ出かけるのが早過ぎると言い、工場から戻るのは遅過ぎると言って非難した。ホンは、住まいが夫のものではないことを知って驚き、彼の車が、雨に濡れると老人のようにゴホゴホと音を立てることに驚いた。しかし、娘のために用意されたベッドには感謝した。そこで、夫の孤独の痕跡を消して、狭い廊下に光を入れるために袖をまくった。廊下の壁は、握りこぶしの衝撃を吸収して、夫の激高を包んでしまった。

芝生 *cỏ*

ホンは平日も週末も、昼夜働いていた。夫にも同じくらい働き、もっとたくさん顧客を探す努力をして欲しいと思っていた。同僚と一緒になって、もっと多くの家で芝刈りをしてもらいたいと思っていた。ところが、空が重くのしかかり、夫が起きられない日があった。ホンがジュリーと出会ったのは、こんな風にしてだった。夫に代わってホンが芝刈り機を回したことが一度、二度、そして何度かあったのだ。最後にホンがやってきたとき、ジュリーが家から出てきて、水を一杯差し出した。そして、レストランで私のことを手伝ってくれるよう、私の夫にホンを推薦したのだった。

ニューヨーク　*New-York*

最初のうち、ホンは距離を置いていた。驚くべきほどテキパキと動く音しか聞こえてこないほどだった。ホンのおかげで、私は厨房を離れて、ジュリーとともにニューヨークまで行くことができた。そして、二日間にわたって、巨大な図書館で午後いっぱいを過ごすことができたのだ。何百という料理本が、私たちの前に開かれていた。時間がほとんど無かったので、ジュリーは、一口食べるためだけにレストランへと連れて行ってくれて、二軒目では食事を、もう一軒回ってはデザートを食べた。ジュリーは四十八時間のなかで、私にできるだけ多くの場所を訪れさせたかったのだ。彼女はマンハッタンに詳しくて、私にめまいを起こさせるような絵画や彫刻を所蔵している倉庫も知っていた。なぜリチャード・セラは、錆びついた鋼《はがね》が官能的だなどと考えることができたのだろうか？　どうやったら、うちの厨房の二十倍はあるような大きさの作品を運べたのだろうか？　どうすれば、こんなに大きなビジョンが見えるのだろうか？

齧る　*cắn*

ジュリーは、私に水平線が見えるよう、水平線が見たいと思えるように、普段接している場所以外のところをおしえてくれた。単に十分息ができればいいというのではもはやなく、深く息を吸うことを私に知って欲しいと願っていた。ジュリーは私に、同じメッセージを百回、百通りの方法で繰り返した。

――齧《かじ》って。りんごを齧って。

――やすりが金属を削るように齧って。

――全部の歯で齧って。

「齧って！　齧って！　齧って！」と、ジュリーは言った。大口をあけて笑いながら、道を渡るために私の手をとりながら、あるいは私の髪を編みながら。ジュリーは言葉をおしえてくれただけでなく、身振りや感情もおしえてくれた。手ぶりで話すだけでなく、鼻の皺《しわ》を使って話すこともできたのだ。一方私は、一文を話しているあいだに、何とかジュリーの視線に耐えることができる程度だった。何度もジュリーは私を鏡の前に立たせて、自分の身体と比べていかに私の身体が動いていないか認識させるために、二人を見比べながら話してみてと私に言った。

ベトナム語の単語をジュリーが繰り返すたびに、舌の使い方に脱帽してしまった。体育教員のようなしなやかさとミュージシャンのような精度で、ジュリーは調子をまねてみせた。叫ぶ、存在する、なじみない、気を失う、涼しいといった、異なる意味をそれぞれ知らぬままに、「*la, là, lạ, lả, lã…*」の声調を区別しながら発音したのだ。私がジュリーに仕掛けた挑戦は、彼女にとってはいともたやすく、代わりに彼女が提案した練習は、私に途方もない努力を強いた。たしかに歌を暗記して覚えること自体は、さほど多くのことを求めていたわけではなかった。しかし大きな声で歌わなければならなかったので、私は身体中の勇気という勇気を奮い起こさなくてはならなかった。ジュリーは、私の舌を解きほぐすことで、口から音が出せるようにしてくれた。

「舌を引っ張って。顎までつくように。左に曲げて……今度は、右よ。そう、もう一度」

この練習のあいだ、口もとから数センチのところへ絶えず片手を持ってゆかずにはいられない私を見ては、ジュリーが大笑いしていた。そこで毎回私も、お腹を抱えて笑ってしまった。ジュリーの笑いはもっとも温かく、もっとも優美な笑いだったが、他方で流す涙もベトナム人とは異なり、大量だった。ベトナムでは、できる限り音を立てずに涙を流す。葬儀に参列するプロの泣き女だけが、人から気品に欠けると思われぬやり方で、身振りや表情から痛みを表すことができた。

亡霊　*ma*

ママに手紙を書く夜は涙を流していたことを、夫は知る由もなかった。あるいは知ったところで、引き出しに、私が使える二冊の切手帳を常備しておくことで慰めるほうがいいと思うことだろう。ママはあまり返事をくれなかった。もしかしたら彼女もまた、涙を流したくなかったからかもしれない。とはいえ、ママの沈黙のこだまが聞きこえてきたし、聞こえないものについても、その重荷はすべて聞き取れた。夜、ママと同じベッドで寝ていると、涙の音が、閉じた瞼《まぶた》の端からときおり漏れてきた。そんなとき私は息を止めた。目撃者が誰もいなければ、もしかしたら悲しみも、亡霊としてしか存在できないかもしれないからだ。

多くのベトナム人は、さまよえる魂が存在していると信じている。人生につきまとい、死を窺《うかが》い、生死のあいだで身動きが取れぬままになってしまった、さまよえる魂がいるのだと。毎年太陰暦九月になるとベトナムでは、亡霊が解放されるのを手助けするために、彼らには居場所の用意されなかった生者の世界を離れることができるようにと香を焚き、紙でつくったお金と洋服を燃やす。オレンジと金色の紙でできた作り物のお金を火にくべたとき、私は亡霊が出発できるように、そして、ママの悲しみが消えるようにと願った。たとえママがそんな悲しみは存在しないと、まるで共産党さながらの熱心さで否定したとしても。何者かわからない、誰も見たことがない、さすらうこの霊魂に対する大衆の恐怖を、共産党は有罪とみなしていた。

夫と同様に、ママの表情からは痛みも喜びも読み取れなかったし、いわんや享楽などもってのほかだったが、ジュリーの表情からは、たしかにすべてが読み取れた。私に息子が生まれて、愛情で涙を流すその頬、額、唇に、ジュリーの気持ちがにじみあふれていた。まさに同じようにジュリーは、遠い国からやって来たばかりの子どもたちを抱っこしては感動し、入念に織り上げられたモントリオールの繭に包まれる、彼らの新たな運命を歓迎した。子どもたちの写真を撮り、養父母サークルの友だちがサインした祝辞カードを、子どもたちに配った。まだ私のお腹のなかで縮こまっていた赤ちゃんに、最初に「愛しているわ」と声をかけたのも、ジュリーだった。ジュリーはまた、私の夫の手をとって、伸びきった私の皮膚に浮かび上がる小さな足にその手を置いた。さらに、ママのカナダ移住を夫がサポートすることを承諾した際には、生真面目な彼を躊躇することなく両手で抱きしめた。

東西　*Đông-Tây*

カナダにいる私のところへ来て欲しいとママを説得するのに、何年もの月日と、子ども二人の数えきれないほどの写真が必要だった。長男とちがって、第二子となる長女は瞬く間にやってきて、その速さは、個人や企業が開くパーティー向けのケータリングサービスの注文依頼が増加するスピードと同じくらい速かった。夫は、我が家のアパルトマンを広くするために、隣接するメゾネット型のアパルトマンも購入した。それと並行するかのように、ジュリーはアトリエの階下に大きな厨房をつくり、上階の二軒を、娘や私の子どもたち、ときにはベビーシッターが見つからない友人の子どもたち用の託児所へとつくりかえた。夜更けに終わるパーティーや、夜明け前から仕込みが始まる朝には、二人のフィリピン人女性が交代しながら私たちを助けてくれた。

アトリエの厨房ではベトナムのデザートを新たに開発するためにと、ジュリーが、パティシエ長としてフィリップを雇用した。クリーム、チョコレート、ケーキに関してベトナムの伝統料理は、かなり初歩的なレシピに数が限られていた。しかもベトナムでは、バースデーケーキを「*bánh gatô*〔gatôはフランス語でケーキを指すgâteauの発音をベトナム語で表記したもの〕」と呼ぶが、*bánh*にはすでに「パン―ケーキ―生地」という意味がある。ケーキはベトナムでは一旦廃れてしまった伝統料理だったので、この単語を導入するほかなかったのだ。バター、牛乳、バニラ、チョコレート等は、加熱方法と同じくらい私たちにとって馴染みのない食材だったため、その使い方を学ぶ必要があった。オーブンもなかったので、ベトナム女性は、鍋にケーキの生地を入れて蓋《ふた》をし、その上に燃える石炭片を置いて加熱した。中くらいの装飾鉢サイズのテラコッタ製「バーベキューコンロ」上に鍋を置くことで、ミックスされた生地を高く膨らませ、火の温度が一定に保てなくても、熱が均一に回らなくても、焦がさずに加熱することができるのだ。だから私は、フィリップが持っていた温度計や、キッチンタイマー、扇のように広がる計量スプーンを見て、とても驚き、不可思議ながら存在感を誇示する調理器具の数々に目を丸くしてしまった。コックピットに入り込んだ子どものように魅了されて、引き出しや棚に収められた品々に触れて回った。フィリップはゆっくりと私に、彼の世界を発見させてくれた。私が無類のナッツ好きだったので、まずはプレーンのヘーゼルナッツから、グリルしたもの、丸々使ったもの、粉末状のもの……といった具合に進めていった。鮮やかな緑色とその香りに惹かれて、パンダンリーフをフィリップのために中華街から持ち帰った。タイではタクシーの運転手が、二、三日おきに、新鮮なパンダンリーフの束を座席の下にそっとしのばせるという。すでにライチのことは知っていたので、近縁種のリュウガンやランブータンをフィリップに紹介した。リュウガンの種は丸く輝き、美しい少女の瞳を形容するのに用いられ、ランブータンは皮が赤く、ウニのようなひげ根を生やしているが、その毛は触れると柔らかい。

私のベトナム風バナナケーキは悦楽の味ではあったが、がっしりと、ほとんど粗野なほどの見てくれが、人をたじろがせてしまった。フィリップはそれを瞬時に、サトウキビの粗糖からできたキャラメルの泡で、ふわっとしたケーキへと生まれ変わらせた。フィリップは、ココナッツミルクと雌牛の牛乳がしみ込んだバゲット生地にバナナをすっぽりと織りまぜてしまうこのケーキのように、こうして東と西を融合させてしまったのだ。弱火で五時間加熱することで、パンはバナナの守り役となり、代わりにバナナは、果実の糖分をパンに与える。もしオーブンから出されたばかりのこのケーキを食べるチャンスがあれば、ケーキをカットしてみると、中身が十二分に一体化したところにこうやって、不意をつかれて当惑しているバナナが緋色《ひいろ》になっていることに気づくだろう。

色　*màu*

ベトナム人が三色チェー（*chè*）、五色チェー、七色チェーといったぐあいに、料理に使う食材の色数で名前をつけただけのデザートをフィリップは美しく飾り、品格を与えた。放課後の帰り道、あるいは別々の行き先へと向かう途中の中間地点として、道端で小さな腰掛けに座りながら、友だちと一緒におやつ代わりに食すこのデザートについては、店ごとに特色があった。私は、チェーの約束が、カフェでの待ち合わせに相当するのではないかと思っている。異なる点があるとすれば、ベトナムでは緑豆のパテと、ザクロの実ほどのタピオカ、小豆、黒目豆、あるいはさらにニッパヤシの実をミックスした上に、かき氷の山をかけたものを食べる、ということぐらいだった。チェーを二杯すくうあいだに数多くの秘密が打ち明けられ、住所がないことも多々あるようなこうした場所で、たくさんの愛の物語が生まれたのだった。

私たちのアトリエで、フィリップのつくりだした品々を味わいながら、客は打ち明け話で辺りを包み、ときどき時間の流れから一歩引いて、彼らしか存在しないとばかりに情熱的に抱き合った。私は、これほど間近で、これほど恋に落ちた人を見たことがなかった。大きな声で口々に「愛している」と言うのも、聞いたことがなかった。ジュリーは日常的に

「愛している」と口にしていたけれど。夫や娘に「愛している」と言わずにジュリーが電話を切ることなど、決してなかった。ときどき、ジュリーに対して心からの感謝を声に出してみようと思うものの、一度としてきちんと口にできたためしはなかった。私には、日ごろの心づかいを通して愛情を示すことしかできなかった。数多くの打ち合わせの合間に、ジュリーが欲求を感じるよりも前に大好きなライムソーダを準備したり、十五分の昼寝をどうにかこうにかジュリーに無理強いできたときにオフィスの電話線を抜いたり、あるいはまた、傷跡として残らぬよう、ふさがったばかりの傷にターメリックの根茎を塗ってあげたりした。トルコ、日本、スリランカ……にいる夫にジュリーが合流できるよう、五日、七日、十日間、ジュリーの子どもの面倒をみる機会が持てたときには、天に感謝した。ジュリーに欠けているものなんて何一つなかったので、お返しとして私が贈れるものは、友情しかなかった。ジュリーが贈り与えることができるものはたくさんあって、彼女は皆にすべてを与えていた。ジュリーは幸福の商人だった。

季節　*mia*

幸福はお金で買うことができないと言われる。それでも私はジュリーから、幸福がそれ自体の力で何倍にも増え、分け合うことができ、私たちそれぞれに見合うようなじんでゆくことを知った。この幸福に包まれながら、暦にも季節にも気づかないまま、一年、また一年と、数年の月日が積み重なっていった。ホンがいつからレストランの厨房の舵取りをするようになったのか、正確に思い出すことなどできないだろう。わかっていることはただ、ある朝とても早くに、目を開くとあまりにも完璧な世界があって、そのことにめまいを覚えたのだった。横には枕に沈み込んだ夫の顔があり、疲れを癒やしたその穏やかな表情は、平穏さや平安にほぼ触れ得てしまうような映画に包まれているみたいだった。隣の部屋では、子どもたちが手をグーに握って眠っていた。子どもたちの夢が聞こえてきたように思えた。夢のなかではモンスターさえも遊び心いっぱいで、紳士と化していた。二つのアパルトマンをつなぐ廊下の奥を、ママは住まいに選んだ。補助教員さながらの厳格さで、子どもたちの宿題を一生懸命にみてくれた。子どもたちがママのことを、母方のおばあちゃんを指す「*Bà Ngoại*」と呼びかけるとき、そっと微笑んでいる姿をよく見かけた。子どもたちが学校に行っているあいだは、厨房にいるホンを手伝うといって、ベトナム人コミュニティーが高齢者向けにつくった社交サークルに参加するのを拒んだ。

こんな風にしてママは、常連客の要望と、ふと蘇る料理にまつわる記憶の偶然を追い続けるばかりであった私たちのメニューに、ときどきレシピを追加しながら、レストランに新たな息吹をもたらしてくれた。

ピンク色、ときに赤色　*hồng*

ホンと彼女の娘は、かつて子どもたちの託児所として使っていたアパルトマンに身を落ち着け、家族の一員となっていった。ホンの身体を覆う青あざをジュリーが目にしてしまったときに、彼女は夫のもとを離れた。長袖と色の濃いズボンを身につけてしまえば、青あざの存在を忘れることができた。アルコールのせいでホンにぶちまけられた、意図せず夫が口にした罵詈雑言や無自覚な罵《ののし》りも、「ブラボー」や「ありがとう」という客の言葉で消えていった。果敢にもホンは頭の先から突き進み、夜を遠ざけ、殴られてもものともせずに自らの身体を楯《たて》とすることで、ベトナムへ送り返される脅威から娘を守っていた。もはやベトナムで、拠り所とすべき道しるべが得られるとは、とうてい思えなかった。薄暗いこの住まいには鏡が二枚しかなく、鏡像以上にホンの怒りの爆発を映し出しはしていたけれど、小さな鏡はその鏡像さえ部分的にしか映し出さなかったので、目をつぶってしまうのは簡単だった。この日、ジュリーの視線のなかに自分の姿を見出すまで、ホンは、自分の全体像がどんな風だったか忘れてしまっていた。ホンが料理長の上着を脱いでいたときに、ジュリーがたまたま浴室のドアを開けてしまったのだ。

私たちは四台の車で隊列を組みながら、女二人と男六人で出かけていって、すでに彼女たちの生活様式あるいは習慣と化してしまった現実から、ホンと娘を引っ張り出した。その夜も、それ以降の夜もホンの夫は、彼女の背後に直立不動する我々大群に、一度も襲いかかろうとはしなかった。私たちが写真を整理してキャプションをつけ、アルバムに収める間もなくホンの娘は医大に入学し、一年目を迎えた。さらに私たちは、アトリエ兼ブティック兼レストランの初となるレシピ本を刊行した。

本 *sách*

この出来事は、私たちを無条件に応援してくれる常連客のおかげで、そして、出版界だけでなくラジオやテレビをも網羅するジュリーの人脈のおかげで、大いにメディアで取り上げられることとなった。とある番組での成功を経て、私たちは好意的な評価を受けるようになった。最初の囲み記事が新聞に掲載される前に、たくさんの掲載雑誌で旅行かばんが一杯になってしまった。この革と木でできた堅固で貴重なかばんは、インド洋を横断し、シルクロードを闊歩《かっぽ》し、またホロコーストを生き延びたようだった。かばんは、ショーウインドーにある折り畳み式スタンドの上に広げられたまま置かれて、ときどきアメリカやフランスなどの遠方からも届く、こうした賛辞の言葉でいっぱいになっていた。『モントリオールでの週末』というガイドブックでは、私たちのアトリエ兼レストラン「マン」が、「必須の行き先」のカテゴリーに分類されていたし、『フロマーズ』では、外してはならない体験場所となっていた。ベトナム料理に対するケベックの人々の関心が高まっていったのは、団体旅行の観光客向けにベトナムが次々と門戸を開いていったのと同じ時期だった。熱狂の波が押し寄せて、店は拠点となる母港と化し、レシピ本『天秤棒』はベトナム文化の指標となり、私自身はスポークスパーソンになってしまった。読者はレシピも参照したけれど、とりわけ『天秤棒』で選んだ料理のセレクションを裏付ける物語や逸話について、私に話しかけた。

舟で国外へ逃亡しようと試みた後に、数か月にわたり刑務所に収監された九歳の女の子の話は、レシピとともに掲載された料理のイメージ以上に、トマトとパセリの入ったスープの味をうまく説明していたのだ。私たちはこのレシピを、ホンを称えるために選んだ。捕まったときに父親と兄から引き離されてしまった少女とは、ホンのことだったのだ。父親は、舟に詰め込まれた群衆のなかに彼女を押し込む数分前に、いかなる状況になったとしても、決して自分のことを父親だと認めてはいけないと彼女に言った。ホンは、警官たちに向かって、十二歳の兄と二人きりで旅をしていると主張しなければならなかった。男子刑務所から鋼板で隔てられた女子刑務所にホンは入れられた。兄は、夜、ホンの手を握れるようにと小さな穴を掘った。日中は、ホンが収容所の外《はず》れまで行った。そこまで行けば、二人を隔てるのは鉄格子だけだった。こうして兄は、ホンを見守ることができた。父親は名前を変え、住所を偽り、二人の子どもたちからできる限り距離を置いていた。囚人たちが何百歩と踏み固めて干上がってしまった地面に正座しながら、恐怖と空腹で二人が泣いているのが聞こえてきたときも、決して振り向いたりなどしなかった。父親は、罪無き身寄りのない二人であれば、自分よりも早く解放されるものと期待していたのだ。父の願いは叶い、子どもたちは家に戻った。しかし父は、まだ帰ってこなかった。すでに数年前から、刑務所の扉も閉まっていたというのに。

父親にまつわるホンの最後の記憶は、一かけらのトマトとパセリの茎の切れ端が数片入った澄ましスープを注いだ、色褪せた黄色いプラスチック製のお椀だった。父親は、ホンの兄である息子の前を通り過ぎて、お椀を地べたの一隅に置いた。兄は膝を曲げた内側に両手でこのお椀を持ちながら、トマト入りスープをホンに少しでも飲ませようと、金網越しに彼女がやってくるのを待っていた。これほど美味しい料理を、ホンはかつて味わったことがなかった。解放後、ホンは、少なくとも週に一度スープを作っては、このときの味をもう一度口にしたいと思った。さまざまな品種のトマトで試してみたものの、あのとき飲んだ数滴の消えることなき、とはいえ、遠ざかる記憶を再現することはできなかった。そこで私たちは、ホンの父親の想い出に、このレシピを永久に保存することにした。同じように、輪切りにしたヤリイカをカットしたきゅうりやパイナップルと炒めた料理は、ジュリーとの出会いを刻印している。レシピ一つ一つに物語があった。

天秤棒　*đòn gánh*

『天秤棒』はケベック州を駆け抜け、反響をよぶ成功をおさめ、プロデューサーが私たちにテレビの料理番組を担当しないかと提案してきた。私は、フィリップとともに味わった発見をさらに続けたいと考えていた。そこでジュリーが、私たちのベトナム料理のレシピに、番組内で一緒に新しい解釈や発明をしてくれるシェフを呼んでくれた。こうしたコラボレーションの数々によりわかったことは、料理を味わうときに私たちは一般的に口のなかで同じバランスを求めようとするのだが、それは各地域ごとの特産食材を用いながらということだった。オッソ・ブーコ〔ミラノおよびロンバルディア州の郷土料理〕はグレモラータ〔オッソ・ブーコに付け合わせる定番ソース〕によりさっぱりと食すことができるし、レモングラスの入ったビーフシチューは、ほんのりとした苦味を持つ酢漬け大根と合う。ケベックの伝統料理では、牛ひき肉を使ったミートボールにブラウンソース〔茶色のルーをブイヨンでのばしたソース〕をかけるが、その粘り気とブラウン色は、ベトナム風グリル・ミートボールにかける、塩漬けして寝かせた大豆とソラマメをベースにしたソースと比べることができる。ルイジアナ州の人々は魚にケイジャン・スパイスをふりかけて真っ黒にするが、ベトナム人はレモングラスと刻みニンニクをかける。

もちろんある種の味は他を寄せつけず、個性的な風味で一線を画すこともある。たとえば、私が出会ったシェフのなかに、鶏肉の軟骨をどう扱えばいいのか知る者は一人もいなかったが、バンコクでは、恍惚としながら、パン粉をまぶした軟骨の球をがつがつと食べる。鮮やかなモーブ色をした、強烈な匂いを発する発酵エビのペーストを招かれたシェフたちに課してみせたとしたら、私は情け容赦ない人物となっていたことだろう。あるいはまた、ひどく塩辛く漬けた青いグアバの実を彼らに食べさせていたならば。しかしグリルしたり、ポワレしたサーモンは、酸味のあるマンゴーと生姜のサラダをつけ合わせても、躊躇なく受け入れられたのだ。長年の旧友同士のように、スペアリブのマリネでは魚醤がメープルシロップと調和し、タマリンド、トマト、パイナップル、魚の入ったスープでは、セロリが堂々とクワズイモの茎の代わりとなっていた。まるで有音のh〔フランス語の発音で、無音のhと区別されるが、現在では発音されない〕の存在感さながらに、召使のような従順さもあわせもちつつ、両者ともに風味を吸収しながらブイヨンを果肉にたっぷりと含ませては、口へと運ぶのだった。不思議なことに、水分がしみ込む茎とはちがって、クワズイモの葉はスイレンやハスの葉と同じように水を通さず、雨が降ったときにはその葉で雨宿りができるほどだった。植物の持つ二面性に魅せられたジュリーは、レストランの中庭に、この熱帯の花を浮かべられるようにと池を掘らせた。ママは、最初の芽が出るや、ベトナム人ならそらで口にできる伝統的な歌謡曲を暗誦してみせた。

Trong đầm gì đẹp bằng sen,
Lá xanh, bông trắng lại chen nhụy vàng,
Nhụy vàng, bông trắng, lá xanh,
Gần bùn mà chẳng hôi tanh mùi bùn.

沼にあって、ハスほど美しいものがあるだろうか
緑の葉と白い花弁、黄色いめしべを競い合うハスほどに
黄色いめしべ、白い花弁、緑の葉が、
泥の側にありながらも、悪臭を放つことはない†3

詩　*thơ*

私たちは、客にプレゼントするために、この詩をベトナム語とフランス語で数百部ほど印刷した。くつろぎにやって来た客は、庭で布地のビーチチェアに腰掛けた。大学生のなかには作家志望や詩人志望も多く、このテラスで、ママの作る巨大なかぼちゃの葉っぱの下、待ち合わせをしていた。横に並んで執筆をし、言葉と言葉を交換しながら、真っ新なページを前にパニックになった仲間を安心させた。太鼓もトランペットもなかったけれど、この都会のオアシスの親密さのなかで、ここから本が世に送り出され、満月の夜になると定期的に、作者が抜粋を朗読してくれるのだった。

ゴムの木　*cao su*

並行するかのように、『天秤棒』がパリの人々を魅了した。多くの読者がベトナムとの親密な関係を保っていたのだ。フランス領インドシナ時代にベトナムで過ごした祖父を思い出した読者もいれば、「涙を流す」ゴムの木、このトン単位でラテックス〔ゴムの木の樹皮を傷つけると流れ出る乳液〕を滴らせるパラゴムのプランテーションについて話すおじや、遠縁の従兄弟を思い出す読者もいた。ベトナムの革命家たちは、クーリー〔下級労働者〕の汗とうなだれた頭部を隠す霧のカーテンを開けてしまい、このまっすぐに伸びる、整列した大木で覆われた何ヘクタールものロマンティックなイメージを、引き裂いてしまったのだった。

パリの書籍見本市で出会った読者の一人であるフランシーヌのライトブルーをした目には、サイゴンのグラール病院と肩を並べる建造物など一つもなかった。フランシーヌの父親は、患者の病室を囲む広いベランダを、半神のごとく横断したという。彼女の父はグラール病院で外科医長をしており、亡くなる前に再び病院を訪れる機会には恵まれなかった。にもかかわらず、父親は最期の一息まで胸にベトナムを抱き続けた。フランシーヌの父親は、娘を八年間育ててくれた乳母と、恵まれなかった運命に抗う挑戦として、巣となるべく建造した孤児院に残る障がいを持った子どもたちを、ベトナムに見捨ててきてしまったのだ。子どもたちにサンタクロースの存在を信じさせることで、父親は人類の悲劇と闘った。あまりにも急いで子どもたちにプレゼントを渡そうとして、ベルベットの衣装よりも熱帯気候に相応しい服装へと着替えるのを忘れてしまった。

フランシーヌは孤児院の子どもたちのなかで、年下の者に対しては姉として、年上の者には妹として育った。彼女は、米をすくったスプーンを根気強く差し伸べては、小さな子どもたちにご飯を食べさせてあげるのを手伝い、大きな子どもたちからは中国式そろばんを使った計算の仕方を習った。昼寝の時間になると、フランシーヌの母親がピアノを弾いて子どもたちを寝かしつけてくれた。公現祭や入所した子どもを祝うため母がケーキを用意しているあいだは、代わりに孤児院の従業員が、フランシーヌの弟のリュックを寝かせるために伝統的なはやし歌をうたってくれた。南が北との戦争に敗北したとき、町に戦車が進入し、フランシーヌの家族は孤児院に立ち寄る間もなく、サイゴンを離陸する最後の飛行機に飛び乗った。帰国後も、誰一人として、この慌ただしい出発について受け入れることができずにいた。当時、生後十三か月だったリュックを除いては。リュックはかつて、周囲のベトナム人から「強くて、全能なる」小さな男性を意味するベトナム語の「*Lực*」という名で呼ばれていたことも、覚えていなかった。

レストラン　*nhà hàng*

フランシーヌは見本市が閉会するまで待っていてくれて、リュックのレストランへ夕食に招待してくれた。レストランの場所は、ナチス兵士の目からモザイク画を隠すために図版という図版を黒ペンキで覆ってしまった第二次世界大戦を含む、数々の歴史を経験してきた神話的な場所の一つにあった。サイゴンもまた、人間の性《さが》に起因するさまざまな大変動を生き延びてきた。私はフランシーヌに、町が大きく変わり、道までもが新しい名前に改名されたのだと話して聞かせた。瀟洒《しょうしゃ》なブティックが軒を連ねていた旧カティナ通りは、ドンコイ（革命運動）通りとなり、かつて薄くスライスされたカンタロープメロンが高値で売られていたジヴラル・カフェは、カラー・ネオンと立体駐車場の備わる現代建築に場所を譲るために取り壊されてしまった。

とはいえ、カラヴェル・ホテルの名前は変わらないままだったし、ノートル・ダム教会もサイゴン中心街のど真ん中にいまなお鎮座している——一日中、教会の周りをオートバイが猛スピードで走り回ってはいるけれども——と言って、フランシーヌを安心させもした。フランシーヌは数多くのロータリー交差点を覚えていたが、その一つがベンタイン市場のロータリーだった。砂糖漬けフルーツ、靴、干したタコ、生《なま》ビーフン、織物などがごまんと積まれた千五百もの売り場地図を、私はパパッとラフ書きしてみせた。フランシーヌの記憶とたがわず、商人たちは今もまだこの窮屈なアリの巣状の通路で、あてがわれた数センチ四方のスペースを一人一人死守し続けており、市場は喧噪に包まれてはいるが、活気に満ち溢れている。郷愁に浸る私とフランシーヌは、同じ場所にまつわるそれぞれの想い出に夢中になってしまって、リュックがテーブルにやってきたときに、驚いて飛び上がってしまった。

長いこと私の手を握りながら、「あなたの作品を読みました」とリュックが言った。

手　*bàn tay*

過ちは、彼の指紋を私の指紋が吸い込んでしまった、この一秒の誤差から生じた。他にどうすることができたというのか？　私は子どものような手をしていて、リュックはピアニストのように長く、包み込む指を持った男性の手をしていた。その握力が私を離さず、包んでしまった。もし顎が自由に動かせて、両手が縛られたようになっていなかったなら、突然頭に浮かんできたルーミーの次の詩を、リュックに暗誦してみせていたかもしれない。

A fine hanging apple
in love with your stone,
the perfect throw that clips my stem.[†4]

一個の美しいリンゴがなっている
あなたの小石に思いを馳せる愛のなかで
私の花柄《かへい》を切りとる、その完璧な一投[†5]

自ら運営する養父母サークルで企画した果樹園での一日ピクニックの招待状用にと、この数行をジュリーが選んだことがあった。そこで私は、小さい頃のようにインク壺にペンをひたして、アイボリーの紙に三十回ほどこの言葉を書き写した。子ども時代に使っていたモーブ色のインクを、美しき時代に学校生活を送ったベトナムの生徒なら皆忘れがたきこのモーブ色をみつけるのに、長いこと探さなければならなかった。困難な時代には、ノートを再利用できるようにと一度目は鉛筆の芯で、二度目はインクで書いたものだった。私たちは、ノートに書かれた内容だけでなく、字の書き方に関しても採点された。というのも書は、考えばかりでなく気持ちや尊敬の念も表していたからだ。学校に通っていたこの数年間、私は指の末節骨にモーブ色のインク染みをつけていたが、おかげで細く安定した筆遣いで字が書けるようになった。私は、太字を書くときのしなやかさと、細字を書くときの軽やかさを失わずにいるために、ときどきインクで書いてみるのが好きだった。そのおかげで詩の言葉と、花柄に向けられた石の衝撃で、枝になったリンゴの落ちるはっきりとしたイメージを記憶していたのだ。余分なインクを吸収する吸い取り紙が、ときおり偶発的にリンゴやリンゴの木の形を私に描いてみせることがあったが、小石の形や投石のフォームを描き出すことは一度もなかった。だから私は、落ちているさなかに手でつかまれた、このリンゴのように自分も感じる日がくるだろうなどとは想像すらしていなかった。

翡翠　*cẩm thạch*

この晩、リュックが登場する数分間のフィルムが、天井に映し出されてはループのように何度も流れて、シークエンスからシークエンスへと、それぞれのショットが写真のごとく固定されていったので、私は目をつぶらなかった。この無重力の空間で、何が私を熱望させ、駆り立てているのかを正確に知る必要があったのだ。バーを埋め尽くしていた朝の光輝が、ツルバラとまじり合う豊かな景色を描いたブリアール〔フランス中北部のロワレ県にあるコミューン〕産エナメルのテッセラ〔モザイク用の四角形片〕の一つ一つを、私はもう一度見直してみた。このモザイク画の葉が重なり合う、中央に描かれたナイーブピンク色をしたオウムの羽が、私を酔わせてしまったのだろうか？　あるいは、クレープシュゼットを完成させるために給仕が使っていた真鍮《しんちゅう》製のポワロン〔注ぎ口のついた片手鍋〕の輝きこそが、私を幻惑してしまったのだろうか？　あるいはリュックの目の翡翠グリーンによるものか？

　数字とおなじように、色についても、フランス語よりもまず先にベトナム語が頭に浮かんでくる。その上、アジア人は、髪や目の色については、かなり濃い褐色からつやのある黒色まで、濃淡はあるものの一色でくくれてしまうために、色合いによって人を識別する習慣がない。そこで私は、リュックの目の正確な色を特定するために、クローズアップした彼の顔のイメージに何度も立ち返る必要があったのだ。というのも、青と緑は、私の頭のなかではたった一語のxanh〔ベトナム語で「青い」を意味する〕で、ともに表すことができるからだった。リュックのxanhは青を表すというよりは緑に近く、ハロン湾の水の緑、あるいは年数を重ねて濃くなった翡翠の緑をしていた。それは、何十年にもわたって女性が身につけた翡翠のブレスレットの色だった。翡翠は年数とともに色合いが増すと言われており、手首の皮膚によってきれいな古色を帯びれば、ピスタチオ色の淡い緑が強調され、若いオリーブの色やアボカドの果肉色にさえなるといわれている。色調が地衣類《ちいるい》〔菌類と藻類との共生体〕や、もみの木、瓶の緑色に近づけば近づくほど、ブレスレットはより価値を持つ。そこで、ときどき一家の女主人は女中たちに、ブレスレットを腕につけ、古びるのを手伝ってくれるようにと頼むのだった。いかにも壊れやすそうな翡翠の見た目から、身体の動きが必然的にゆっくりになることで、両手が石炭で真っ黒になっていても、あかぎれで覆われていたとしても、身ごなしがエレガントになるのだった。

おそらくはこうした理由から、ママは翡翠のブレスレットを、私が小さかった頃から身につけさせた。人によってはダイヤモンドよりも価値があるというこの石を、身につけることにした女性たちの多くがそうするように、私も身につけた瞬間からブレスレットをつけたほうの手は石鹼《せっけん》で洗う必要がなくなり、ぎゅっと握りしめる必要もなくなった。骨が成長し、今やこの硬いリングの輪いっぱいを占めているので、今日ではぐるっと回ってしまうこともなく、私の手首にはまっている。例外的な出来事でも起きない限り、このブレスレットは、最後の目的地まで私についてきてくれることだろう。炎の熱を吸収せず、ひっかき傷もつかないので、翡翠はその間、私の虎の巻代わりとなって役立つことだろう。堅固で、そしてとりわけ滑らかであり続けることを、私に思い出させてくれるだろう。

愛　*yêu*

眠れずにいたこの夜、私は救命浮き輪のごとく、翡翠のブレスレットを腕にぴったりとつけたままにしていた。リュックの招待を受け入れてしまい、めまいを覚えていたのだ。翌日、リュックに再び会って、夜には彼の演奏するクラリネットを聞きに行くことを、ためらいもなく、フランシーヌもいないのに、恐れさえ感じずに受け入れてしまった。祖父が祖母の足跡をたどっていったのと同じやり方で、私もリュックの声に従った。祖父も祖母も、私に一度も会ったことはなかったけれど。

ママは、厳格そうに見えた祖父が、たんすに大切に保管しておいた陶器製の壺とともに自分を埋葬して欲しいと頼んだ話をしてくれた。この壺には、祖父が初めて祖母を見かけたときに、妻となる彼女の歩いた足跡を採取した土が入っていた。祖父は足跡をいっぺんにすべてすくい上げるために、プラタナスの葉を使った。すんでのところで足跡が永久に見つからなくなりそうになってしまい、祖父の両手は震えてしまった。仲人が調整してくれた最初の約束を、祖父はサッカーの試合が延長してしまったせいですっぽかしてしまったのだ。一時間遅れて到着すると、扉は閉められ、皆ひどく侮辱を受けたと思っていた。鶏小屋を横切る祖母がかぶった円錐形の帽子を目にするまでは、祖父はとくに後悔もせずに祖母の家を後にしていたのだった。彼女の帽子は何ら他のと変わらない、老若男女みな一様にかぶる類の帽子だった。アイボリー色のわずかに使い古した帽子は、先が空に向かって尖っていた。とはいえ、もしも他と違うところがあるとすれば、帽子の位置がずれないようにと顎下を通して結んでいた布紐が、両側から垂れていたことぐらいだった。この紐が風に別様に応えているように見えて、そのせいで帽子が際立ち、祖母を、未来の妻を唯一無二の存在にしていた。

私の場合は、リュックが私たちのところまで挨拶にやってきたときに、フランシーヌのスカーフ上の襟を直した彼の手が、他と違っていた。あるいは舞台で顔を歪ませたり、裸電球のほのかな光の下、友人の音楽家たちとともに大声で笑い出すリュックの表情だったのだろうか。あるいはもしかしたら、本当は特別なことなど何もなかったのかもしれない。

階段 *thang*

ホテルのレセプションから到着を知らせる代わりにリュックは、五階まで一挙に二段をまたいで駆け上がりながら、私の部屋のドアまで辿り着いた。その朝、リュックは携帯からメッセージを送ってくれていた。「『不安《アプレアンシヨン》』という言葉を知っていますか?」 私はこの言葉の意味を知らなかったが、そうとは知らずに不安が私に住み着いていた。

「不安《アプレアンシヨン》」のほかにも「巨大な《コロサル》」「電源が切れる《ディジョンクテ》」「欄外の書き込み《アポスティーユ》」など、フランス語の響きから理解しようとしてみる言葉もたくさんあるけれど、構成、匂い、形状から理解しようとする言葉もある。類似した二語のニュアンスをつかむ場合は、たとえば憂鬱《メランコリー》と悲しみ《シャグラン》を区別するときなど、私は、それぞれの重さをはかってみる。両者を手のひらでつかむと、いっぽうは灰色の煙のごとくたなびくようで、もういっぽうは鋼《はがね》の輪に圧縮される。そこで私は見極め、探ってみるのだが、答えはだいたい、当たっているのとおなじくらいの確率で間違っていた。絶えず間違いばかりしているが、今日までもっとも驚いた間違いは、「反逆の《レベル》」という言葉についてだった。私は、この語が「美しい《ベル》」の派生語だとばかり思っていた。美というのは獲得されたり、失われたりするものだから、「反逆の《レベル》」は接頭辞「レ」が「ベル」についた言葉で、再び美しくなるという意味だと考えていたのだ。ママはよく私に、誰かと衝突した際には、たとえその人が間違っていることが明らかになっても、罵るよりは身を引いたほうがいいと繰り返し言っていた。もしも相手を圧倒したとすればそれは、まず最初に自分の口を怒りと、血と、毒によって満たす必要があるということだから、自分の口を汚してしまうことになるのだ。そうなると、私たちは美しくいられなくなってしまう。私は「反逆の《レベル》」の「レ」が、贖罪《しょくざい》の可能性を開いてくれるものだとばかり思っていたのだ。かつての美貌を取り戻すことを許してくれる、贖罪となってくれるのだろうと。

私はよく思い違いをしていたが、今回ばかりは「不安」という言葉の意味について、推測してみようとはしなかった。ただ、部屋のドアを開ける恐怖を感じていただけだった。

月 *mặt trăng*

ドアをノックする前に、リュックはホテルの廊下に立ったまま、数回息を吐いた。片手にコートを、もう片方にはヘルメットを二つ持って。今でもまだ、彼が口にした最初の言葉を思い出そうとしてみるが、うまくいかない。ちょうどこの瞬間、私はおそらく別の場所に、たぶん月にいたのだ。ベトナムの母親は子どもたちに、月には樵《きこり》がいるのだと話す。菩提樹《ぼだいじゅ》に座って、月の妖精を楽しませるためにフルートを吹いているのだと。中国の母親たちは、不老不死のレシピを準備しているうさぎの姿形をした影を示してみせる。日本の母親は、娘のために羽毛でできた羽衣を縫うという。月へと向かうために、彼女に恋をしていた帝《みかど》を後に残し、地上を離れた天女が身にまとっていたと言われる羽衣を。残された帝は、彼女にまた近づけるようにと最も高い山の頂上まで、自分を軍勢に運ばせた。

リュックは、袖が膝までついてしまう彼の綿毛コートを私にかけて、おとぎ話の世界に連れていった。「頼むから、断らないでくださいね」と言いながら、身をかがめてファスナーを引っ張った。私は宇宙飛行士のようにめまいを感じながら、二人の後ろのドアを施錠した。飛行士はときどき、高低感覚を失ってしまうために宇宙でめまいに苦しむのだと読んだことがあった。私の場合は彼らよりもひどくて、高低差だけでなく、右も左もわからなくなってしまった。

解放されて　*thoát*

私はぎこちなくスクーターに乗り、リュックの後ろに座った。そして彼の母親のレジデンスまで、パリの街を駆け抜けた。リュックの母親は私たちを待っていたわけではなかった。彼女はもはや誰のことも待ってはいなかった。歌うことも、鏡に映る自分の姿を気にかけることも、もうなかった。涅槃《ねはん》の状態へ近づいていたのではないかと私は思っている。あらゆる欲望から解放され、すべての苦しみに無感覚となり、魂が静かに身体から離脱する涅槃状態に近づいていたのではないかと。リュックが私に怖くないかと尋ねたとき、彼の母親が私の頭に片手を置いて、髪をなで始めた。ゆっくりと、長いこと。私たちの周囲を、写真の飾られた壁が取り囲んでいた。その一枚に、リュックの母の写った写真があった。胸にロイヤルブルーの大きなハートがプリントされた真っ赤なTシャツを着て、ピアノの前に座り、遠景には、足を痛めた身体から一時的に自由の身となった、まどろむ子どもたちが写っていた。

孤児　*mồ côi*

リュックの母親の手は衰えていたが、たくさんの優しさをまだなお表現していた。おそらくそれは、彼女の骨ばった指が、何百という手紙を孤児たちへ書いていたからかもしれない。返事はなかったけれども、肩を落とすようなことはなかった。幼少期を通してリュックは、母につきまとうこうした幽霊たちと、ともに付き合わざるを得なかった。最初の頃、母親はパリの通りという通りですれ違ったベトナム人を一人ずつ呼び止めては、孤児院を知っているかと尋ねた。運悪く同じ地域に暮らしていたものなら、母親はその人を家に招待して、山ほどの質問をした。ある日、一人の女性が母親へ、孤児院は接収され、五家族に分配されてしまったことを知らせた。不動産が分配されるとすぐに、子どもたちは追い払われてしまった。作業期間に地区を覆った沈黙についてその女性が語る間もなく、母親は席を立ってしまった。この日以降、彼女は子どもたちの痛ましい運命を証言する別の人間に出会うことを恐れて、ベトナム人に話しかけるのをやめてしまった。フランシーヌとリュックに対しても、ベトナム人と出会うような可能性から遠ざけた。

魚の照り煮 ***cá kho***

フランシーヌは、母の意向に逆らう少女のような興奮状態で、今やもう守る必要はないはずなのに、なお強制されいてると感じる約束事を破る少女のごとく私に近づいてきた。フランシーヌと出会う前の週に、地元の本屋のショーウインドーに飾られた『天秤棒』のカバー写真――照りのついた魚の切り身が盛られたテラコッタのお椀が、薪《まき》の燃えさしに半分はまりこんだ写真――が、フランスシーヌの涙を感動で誘った。砂糖と、玉ねぎと、にんにくをまぜて熱したなかへ女性料理人が魚醤を注ぐ瞬間の孤児院の台所の一角に、まるで再び降り立ったかのように魚醤の香りが漂ってきて、フランシーヌを襲った。その日のうちに、フランシーヌはリュックに本を贈った。彼女同様リュックもまた、母が何にもまして好んだ、この強烈で比類なき香りを感じたのだった。母はこの料理を、ゆがいたキャベツか輪切りにカットしたキュウリと、蒸した米を添えて、少なくとも月に一度は作っていた。リュックは、家を空けられる年齢になると、魚の照り煮（*cá kho tộ*）が出される夜は、家から逃げ出すようになった。火を入れた魚醬《ヌクマム》の香りが苦手なのか、それとも、強迫観念と無力感で重たくなったこの料理を囲む雰囲気が嫌いなのか、わからなかった。

「私の母のために、どうか料理して頂けないでしょうか？」

顎　*cẩm*

帰宅途中に、高速道路脇を彩るヒナゲシをリュックが指さした。こんなにか弱い花が、どうやったらコンクリートやアスファルトに立ち向かい、野生植物に分け入ることなどできたのだろうか？　その外見は人を欺《あざむ》くのだが、ヒナゲシは未開の土地に広がることもできるし、小麦畑一帯を侵食する力もあるのだと、リュックは私に説明してくれた。多くの画家が「鶏のトサカ」色に魅了されたのだが、リュックにとってヒナゲシは、魔法の杖のように花を使うモルペウス〔ギリシア神話に登場する夢の神。ケシの花に囲まれて眠ると言われている〕を想起させた。花びらで軽く触れただけでモルペウスは私たちを眠らせ、穏やかな夢を見させてくれる。私はといえば、目の覚めるほどの夢を見ていたので、すべてが消えてしまうのが怖くて、瞬きできなかった。オルセー美術館でモネの『ヒナゲシ』を初めて目にすることもできたし、オートバイのヘルメットの留め金をとめたり外したりするためにリュックの指が軽く触れた、私の顎《あご》の下にある肌の三角形の存在にも、初めて気づいたのだった。

市場　*chợ*

翌日、リュックは二つの約束の合間に、私は二つの契約のあいだをぬって、休み中だった彼の子どもたちと一緒に十三区まで出かけてゆき、買い物をした。店独自の難解なロジックにしたがって積み上げられた籠《かご》やケースのあいだをジグザグと、狭い店内通路を進んでいった。リュックの子どもたちは、溢れるような人混みにも、複数の外国語が飛び交う喧噪にも、まったく物怖じすることはなかった。くつろいだ様子で私に質問を浴びせた。サポジラの実はどうやって食べるのか、ドラゴンフルーツはどこで生育するのか、タコは何本足なのか、なぜ卵が黒いのか……。子どもたちの熱狂に押されて、私は彼らの好奇心を刺激した全ての食材を例外なく、また躊躇することなく買ってしまった。彼らの祖母の家に戻ると、私たちは庭のテーブルにフルーツを並べて席についた。彼女も一緒に腰掛けないかと誘うと、驚いたことに、バンレイシを二つに割って、手に黒い種を吐き出しながら乳色の果肉を食べたのだった。

バンレイシ　*mãng cầu*

コミュニストたちが勝利し、国が再び統一されると、数多くの家族も再び結ばれた。国を二つに分断する北緯十七度線を越え、多くの若者が親をあとに残して北から逃げていったが、二十年経って再会することができた。その若者たちが今度は親となった。彼らの子どもである南部出身の幼い子どもたちは、漆を塗って歯を黒くする北部出身の女性たちの伝統について何も知らなかった。お歯黒をするためには、プロの女性漆塗り工による、二週間もの掛かり切りの作業が必要とされ、その間、苦痛と不快を我慢する必要があった。漆黒の歯は詩人により称賛され、美の四大基準の一つとみなされてきた。この染色は生涯にわたり消えることなく、食材のあらゆる攻撃から歯を守ってくれた。女性たちは、フランス風のエレガンスがこの伝統を凌駕するまで、誇りとともにこの輝く黒色を塗っていたのだ。なぜ北部出身の祖母が、バンレイシの種を吐き出さずに口に入れたままなのかと尋ねる子どもの声を耳にしたときに、私はこの文化伝承が消滅したのだと実感した。その子にとって、よもや自分の祖母が漆で歯を黒く塗り得たなどとは想像できなかったし、彼女が消えてゆく伝統の最後を飾る代表者の一人とは、思いもよらなかったのだ。

こうしたこともあって、リュックの母親がテーブルにバンレイシの種をばらまき、二つの種のあいだをビー玉遊びのように別の種をはじくのに失敗しながらも試しているのを見て、私は心地良い驚きを覚えたのだった。これは、ビー玉を持っていないベトナムの子どもたちのやる遊びだった。リュックの母の指の動きが意志に反して止まったため、その動きを続けてもらおうと彼女に近づいた。リュックもビー玉遊びに参加するためにやってきて、最後には子どもたちも加わった。みな、集めた種を大切にとっておいて、まるでワールドカップさながらに、勝者は勝利のダンスを踊った。また、罰を受けたベトナムの生徒のように、ジャックフルーツの皮の上にひざまずこうと挑戦すると、わずかに触れただけで、皮を覆ういぼ状の突起で彼らの全身が震え上がってしまった。

皆が店の出口でみつけた木製の刀で遊んでいるあいだに私は、錆びて穴の開いた古いバケツをバーナーキャップに見立てて、その上で魚に照り色をつけていた。孤児院のように、またベトナムの多くの家庭がそうであるように、私は屋外で調理した。リュックの母親がやってきて、私の側にある石の上に腰掛けた。そして私の手から竹製の菜箸を取ると、魚の切り身をひっくり返した。リュックは、箸で魚をかえす母の姿をもう二度と忘れまいと写真に収めた。過去二十五年ものあいだ、彼の記憶からは抜け落ちていたこの姿を。二皿分をつくり、いっぽうは子供たち用にと、スパイスの量を少なめにした。

もういっぽうには、私がすり鉢で粗く砕いた胡椒《こしょう》を、リュックの母親がふりかけた。彼女が私たちの話に耳を澄ませていたとき、私は偽りの言葉を彼女にささやいた。「孤児院の子どもたちは元気です。あなたにまた会いたがっています」と。彼女が私の話を信じたかどうかはわからない。しかしリュックの母親は、もう一度私の髪をなでたのだった。

菊　*cải cúc*

私は、道端にあるレストランの雰囲気を再現するために、子ども用のテーブルで食事をしようと提案した。ベトナムの通りにあるレストランでは、客がひどく背の低いテーブルや腰かけに座っていた。リュックの母は、魚を食べたときには、食事の最後に菊の葉が入ったスープを飲む習慣を、忘れてはいなかった。デザートでは、子どもたちが立方体にカットされたマンゴーを箸で持ち上げようとしたが、うまくいかなかった。子どもたちが対決しようと私に提案したので、そっと彼らの口にカットしたマンゴーを運ぶと、私は軽業師かマジシャンの地位まで持ち上げられた。子どもたちを笑わせようと、リュックが彼らに運ばれるはずのマンゴーを横取りしようとした。この突然の動きに、マンゴーが滑り降ちてしまった。とっさにリュックと私がマンゴーの立方体を宙でつかまえると、リュックの唇にわずかに触れそうになってしまった。まさにこの瞬間まで、私は誰であれ唇にキスしたいという欲望を感じたことがなかった。さらにキスをするときも、赤ちゃんのぽっちゃりとした太もものミルクのような香りを吸い込むベトナムの母たちのように、鼻を使っていた。

キスをする　*hôn*

夫と私は、カップルが挨拶代わりに、あるいは前戯で交わし合うキスを取り入れはしなかった。子どもが二人いても、結婚生活が二十年になっても、私たちは慎み深かった。もしかしたらベトナム語が、私たちにこの慎みを強いていたのかもしれない。何か話をしていても、私たちはそれを名づけることを避けていた。性的関係があったことを理解するのに、「親密である」(gần)とだけ言えば十分だったのだ。私が妻としての務めを理解するには、夫が私に振り向くだけで十分だった。夫と私が幸せでいるためには、夫が幸せであれば十分だった。私たちは、もめ事もなく、ケンカもないカップルだった。

目に見えない *vô hình*

ごく小さいうちからママは私に、争いを避けるように、存在することなく息をして、背景に溶け込んでしまえるようにと手ほどきした。ママの教えは、私が生き延びるためには不可欠だった。なぜならママは、ときどき任務へ発つよう呼び出されたからだ。事前に私たちがママの出発日を知らされることはめったになく、戻ってくる日についてはさらにわからなかった。ママが不在のあいだは、ママの知り合いの家か、私の面倒をみるようにと命じられた人のところへ送られた。自分の存在が忘れられるように、誰からも非難されず誰からも危害を加えられぬように、目に見えず、と同時に役立つ人物になることをすぐに学んだ。今まさに中華鍋の野菜をうつそうとしている一家の母親の横へ、私の手が彼女の目に触れぬまま、どのタイミングで皿を置けばいいのか知っていたし、さらに夜のうちに冷めたやかんを空にするのを誰にも見られぬまま、陶器の濾過機を飲み水でいっぱいにしておくこともできた。

一日か二日もあれば、その家族一人一人の望みを見抜くことができた。だから夫が望んでいることを、夫自身が意識する前に予測するのも、いとも簡単なことだったのだ。下着が入った夫の引き出しに、肩の部分に縫い目のない白いTシャツが常に十分な数だけそろっているかということを私は気にかけた。このTシャツは、一部の中国人労働者階級が身につけていたものだった。習慣から、そして郷愁から、夫はワイシャツの下にこのTシャツを着続けていた。中華街の店で新しいものを買っては、一番古くなったTシャツと取り替えていたが、夫が気づくことはなかった。というのも、引き出しに入れる前に「彼のTシャツ」となるよう、布地を柔らかくするために二度洗っていたからだ。同じようにボールをしまっておく棚には、水曜と金曜夜のテニス用に、新品のボールが入ったケースを欠かしたことはなかった。最近ではそれが、土曜朝のゴルフボールになったけれど。雑誌『ナショナル・ジオグラフィック』の折り込み広告は、いつも抜いていた。堅い厚紙の先端が、夫をひどく、かつ無益に苛立たせたからだ。

反対に夫も、私が台所で過ごす時間があまりにも長いといって咎《とが》めたことは一度もないし、子どもの教育に関する私の選択に質問したこともなかった。夫と私は、滑走路ほどに滑らかで平らな道を前進していたのだ。

髪　*tóc*

リュックと同じように、私も完璧な結婚生活を送っていた。リュックが手の甲を使って私の髪をかきあげ、動いたら僕が転んでしまうし、声を出してわめくから、どうか動かないでと言って首横の匂いを吸い込むまでは。モントリオールまで持ち帰ることができたリュックの唯一の痕跡は、空港の駐車場で音を立てずに流れる彼の涙を見せないようにと、私の両目を覆うその両手だった。それまで感じたことのない感情の衝撃に圧倒され、私は彼の前で動けなくなってしまった。リュックは、私がセキュリティーラインを超えてゆくのを、フランスに戻る日取りも約束もないまま旅立つのを見ていた。

呼吸する　*thở*

私は呼吸をコントロールする方法を、ごくわずかの酸素しか必要としない方法を学んでいた。山の民のように、そして戦時中、クチ・トンネルで暮らしていた人々のように。政府に割り当てられた、ハノイにある一室で私とママが暮らしていたとき、私たちは鼻にタオルを巻いて眠った。まるで異臭を放つ怪物みたいに壁という壁から染み出る悪臭で、目を覚ましてしまわないようにと。当時私は、息を吸うよりも多く吐き出していたのではないかと思うけれど、決して息が詰まるようなことはなかった。飛行機の窓から雲の合間をぬって、薄紫色のシャツに隠れたリュックの肩の丸みや、赤いリボンにくるまれた逞《たくま》しい手首、ヘルメットからはみでる巻き毛のイメージが現れては消えて、私の肺にある空気という空気を吸い込んで、飛行機の密室空間を、窒息させるような、息苦しいものにしてしまった。

絹　*lụa*

リュックが常にズボンのポケットに入れておいた爪切りを除いて、彼の母が住む家の庭で私がリュックの息子たちのために使ったこの爪切りを除いて、突然私の世界の中心になってしまったこの男について、まだ何一つ私は知らなかった。それまで、中心も世界も持ったことなどなかった。聖者オン・トーの物語を信じる人たちをからかってきた私は、おそらく間違っていたのだ。聖者オン・トーは、二本の赤い絹糸を自分の指に一緒に巻きつけて、二人の人間を愛で結ぶ役目を担っている。もしかしたらリュックが、私の運命の赤い糸だったのだろうか?

結局のところ、おそらく彼が正しかったのだろう。客の一人だった若い学生のアレクサンドルは恋の痛みにさいなまれ、ある日私に、もう二度と別の誰かを愛したりしないと断言し、ショーウインドーに吊るされたメッセージ・ガーランドにロラン・バルトの引用をピンで止め、自分の言葉が本当だと主張したのだ。「僕は生涯に何百万という身体と出会うだろうが、この何百万という身体のなかで欲情を抱くのは何百で、この何百から愛すのはたった一人の身体なのだ[†6]」。この言葉は、当時の私にはまったく馴染みなく、理解できなかった。占有や唯一無二というこの感覚を、経験したことがなかったのだ。

空港　*sân bay*

人混みのなか、税関の出口にある自動ドアの前に立つママの存在に気づいた乗客など一人もいなかったはずだ。ことのほか、か細く、歳を取ってしまったようだった。事前に決められていたからというよりは、優しく時の流れに身を揺らされるがままに、ママはこの戸口まで辿りついたかのようだった。まるでママと時間とが互いに信頼しあい、愛情をこめて青春時代の激動をからかっているかのように。ベビーシッターのところまで私を迎えに来たときにいつもやってくれていたように、ママは、三度私の髪の先っぽを撫でた。ショートカットだったり、髪を束ねていたときには、まるで治療師の手のような、ママの小さいけれど力強い手の温もりを背中に感じた。一週間留守にしていた後で、自宅の前に止まったスクールバスの出口で子どもたちを迎えたときに、ママと同じ仕草を私も繰り返した。私の身振りはとても小さかったので、さようならを言うために永遠とも思われるくらい私を両手で抱きしめたリュックの子どもたちの自発的な愛情との差に、唖然としてしまった。

保証　*bảo hiểm*

私の子どもたちとジュリーの親密さは、いつも私を安心させてくれた。ハグしたり、内緒話や愛情のこもった言葉をささやきあっていた。ジュリーは、定期的に子どもたちをコンサートへ連れて行ってくれた。コンサートでは、どうやって楽器に耳を傾ければ、音楽が奏でる物語に登場する人物たちの声が聞こえてくるようになるのか、指揮者が教えてくれたりした。ジュリーは、子どもたちをホッケーやスイミング、バレエ、デッサン等のレッスンへも登録してくれた。ジュリーは、私の長女と相談しながら髪のカットを決め、肩の長さだったり、背中半分ほどの長さだったり、前髪を作ったり、作らなかったりした。私の子どもたちはジュリーの電話番号を暗記していて「*Má Hai*」と、第二の母と呼んでいた。

家族のなかで用いられる「二」は、最上位を表している。ジュリーは私より年上で、私の姉のような存在だったから、トップの地位を占めていたのだ。身内から、おばが「母」と呼ばれることはよくあって、それというのも子どもの幸福と教育に対して光らせる目は、母に匹敵するほどの義務と権利を有していたからだった。ジュリーが率先して私の子どもたちを導き、しつけをして楽しませてくれたので、私は、ジュリーと子どもたちの関係が深まり、私なしでも、私がいなくなった後もこの関係が続いてゆくようにと身を引いた。ベトナムでは、父がいない子どもは、それでも米と魚を食べられるが、母がいない子どもは、眠るのに地面に葉っぱを広げなければならないと言われている（*Mồ côi Cha ăn cơm với cá ; mồ côi Mẹ lót lá mà nằm*）。私の子どもたちは大いなる幸運に恵まれていた。彼らは生きる保証だけでなく、母の保証もあったからだ。

ハート　*tim*

私はまた、アーモンドチュイル〔クッキーの一種〕やギモーヴ、ナツメの実やチョコレートムース等にハート形を描いたり、成形したり、書き添えることで「I love you」の言葉を絶えず子どもたちに繰り返してくれたフィリップにも感謝している。私の子どもたちは、フィリップのまねをして、自然とデッサンやカードにハートを描いてサインしたりする。いっぽうで、私がママに書いた手紙にはすべて、どれ一つとっても「あなたが／いなくて／寂しい」の三語は書かれていない。とはいうものの、そこに綴られた詳細の一つ一つが、ママのいない苦しみで溢《あふ》れている。私は、たった一店舗のなかだけでも驚くばかりのシャンプーのメーカー数があるとママに書いたが、それは、衣服を洗うのに使っていたアルミ製のたらいにママが頭をかがめている間に、もう一度、石鹸がついたその髪に水を注ぎたかったからなのだ。

ママに地下鉄の路線図を送り、トンネルの暗闇へと突き進む電車の速度を、まっすぐに銃身を突き進む弾丸の正確さにたとえながら説明したのは、あまりにのんびりと走るので、線路のすぐそばで生活する人々の日常に触れることができた私たちの電車の方が好きだったからだ。一室ごとに区切られたコンパートメントには、それぞれ六人も乗車していて、一等席であっても列車の簡易寝台が狭いといって、乗客は文句を言っていた。一番上の寝台は、天井から三十センチくらいの所に取り付けられており、なんとか滑り込める程度の空間になっていた。一度、私たちの上の寝台に、ふくよかな女性がのぼって入ったことがあった。彼女のお腹は天井すれすれだった。フォーマイカ素材のボードが壊れて、ちょうどその下で寝ている私たちのところまでこの女性が落ちてくるのではないかと、ひどく怖くなってしまった。とはいえ、この心配も、ママにくっついて丸まっていられるのが嬉しくて、すぐに消えてしまったけれど。鼻を壁につけ、背中はママの温もりに包まれて、頭をママの胸にのせ、私はもっとも穏やかで、もっとも深い眠りについた。ママは、これほど狭い空間では、私に空気が不足していないかと心配していた。しかし私は、乗客たちのぶらぶらと揺れる手という手からママが守ってくれた、このめったにない電車での移動中こそ快活だった。ママが私に軽やかさを与えてくれ、生を、世界中を、ただ一つの泡へと変えてしまったこの移動中ほど、生き生きとしていたことはないくらいだった。

電車がその側をすれすれに抜けてゆく家の窓越しに、化粧が濃すぎる娘の顔にアイロンを投げつける父親の姿を見かけることも、もうなかった。隣同士に住む二人の男性が、旧チェコスロバキアでの学生時代や、配給商品の密売人時代を思い出しては語るのを耳にすることも、もうなかったし、間仕切りを素早く這《は》うゴキブリの数を数える必要ももうなかった。電車に装備されていた、ギャザー寄せして層にした埃《ほこり》まみれのすそ飾りで縁取られている、ピンク色のサテン織りしたポリエステル製の枕が、国中のシラミというシラミの群れを集めているのではないかと思うことも、もうなかった。この囲われた空間で、私は身体を休め、くつろぎ、周囲の世界で起きていた些細なことの数々を放っておくことができた。重ねられたスプーンのようにママと一緒に横たわると、すぐにすべてを遠ざけ、忘れることができた。

見る　*nhìn*

リュックの視線が私に注がれたときに、あの時と同じような、私たちだけというこの専有の感覚を覚えた。周囲にあった物が消えて、二人のあいだの空間が、私の全人生を含んでいるという印象を。客が忘れていった本のなかで、「見る」とは誰かに対して思いやりを持つ、「思いみる」ことだと書かれているのを読んだことがある。中世には、戦争ないし争いの状態を記すときに、敵同士である両者について、「『双方ともに相手を（思い）みない』と言っていた。『みる』という言葉には、確かに何世紀にもわたり重視という意味合いが込められているが、気がかり、または他人への配慮というニュアンスも含まれている[†7]」のだと。夫は、私のことを心配する必要がなかったから、私に対してこういった視線や気遣いをする必要がなかった。というのも身近な人によく、砂漠であろうと南極であろうと私が独りで生き延びてゆけるタイプの女性だと話していたように、道端で彼の後ろにいた私のサンダルの紐が切れてしまっても気づかずに歩き続け、離れても気にせずにいられたからだ。彼に、そして彼の家族に選んでもらったという幸運を受けたのだから、私が彼のことを気にかける必要があるのであって、その反対ではなかった。いずれにしても私は、もっとも些細なことから、もっとも自明なことまで、すでに細部に至るあらゆることに気を配っていた。夜、正しい方向に揃えたベッド脇のスリッパから、夫の家族一人一人の誕生日プレゼントに至るまで、夫のお椀に鶏肉の仙骨部〔美味と言われる尻の肉〕がちゃんと取り分けられているかということから、学校の父母会に至るまで。毎朝、夫の万年筆のインクをいっぱいにしてから彼の上着ポケットに戻しておいたエレノア・ルーズベルトのように、私も目には見えない手を使って先回りし、備え、支度をした。

聖マリア *Đức Mẹ*

ジャン＝ピエールはレストランの常連客で、看護師をしているが、かつては司祭職に就いていた。彼も、妻であるベトナム人のランの日常を取り巻く細部に気を配っているが、つねにお祭り騒ぎのようなやり方だった。両手でランを持ち上げるときは、軽やかな身振りで、ダンサーのようにしなやかなその身体をつかった。同じ時間に、地下鉄の同じプラットホームで、ランの姿を四日間にわたって見かけたあと、ジャン＝ピエールは彼女に近づいて微笑んだ。彼の青みがかった大きな目を前にした彼女は、ヘッドライトに照らされた子鹿のように固まってしまった。ランは、母なる自然が手を抜いてしまったか、あるいは逆に、至高の愛の存在を裏づけるために創造された女性のうちの一人だった。無遠慮な視線を避けるため、ランはいつでも人の目に映らないように行動していた。太陽や雪、雨、そして他人の目から隠れるために、かばんのなかに傘を持ち歩き、屋内ではたった一冊の本を開いておくことで、自分の存在を消していた。

ジャン＝ピエールは、ランが熱心に読んでいた、成人移民へ贈られるフランス語の練習ノートに気づいた。彼はランに一言二言、挨拶をして、時間と日づけのメモが手書きされたレストランのカードを渡した。カードの裏に自分が通訳を務めることを記すようにと、私はジャン＝ピエールから頼まれていた。約束された日にちよりも前に、ランが私に電話をかけてきた。彼女は、これが罠《わな》か何かではないかと疑っていたのだが、ジャン＝ピエールはただ、ランが聖マリアのように美しいと思っていると、そして彼女の面倒をみたいのだと伝えたかっただけだった。最初の数日、ジャン＝ピエールは辛抱強く地下鉄の入り口でランを待ち、彼女を怖がらせないようにと一歩後ろを歩き、辞書で重くなったかばんを軽くしてあげようと静かに近づいた。そしてある日、ランに結婚を申し込み、彼女の両親と二人の兄弟、四人の姉妹の面倒をみて、彼女のために庭をつくり、壁一面をランの写真を飾るスペースにしてしまった。冬に撮ったランの写真、愛に満ちたランの写真、妊娠中の写真……。ジャン＝ピエールは私たちに、カットされる前のダイヤモンドの指輪について、それがいかに素晴らしいのかを顧客に説得するソランスの宝石店主さながらの方法で、ランの美しさを並べ立てた。ランは、思春期のニキビで荒廃した彼女の頬をなでてくれる手が現れるとは夢にも思っていなかったし、ニャチャンを出発する計画を立てたこともなかった。

ランはある晩まったくの偶然により、シートで覆われたトラックから静かに、そして素早く下車して、河岸と舟をつなぐ渡り板へと向かう集団のまんなかに居合わせた。百人の人間の急いた動きに押されて、ランは彼らとともにインドネシアの河岸まで辿り着き、数年後にはモントリオール島にたどりついた。偶然がランに新たな旅立ちを与え、テトラサイクリン〔抗菌薬〕によって変色したランの歯の灰色をかき消してしまう愛を、プレゼントしたのだった。さらにこの愛は「干したヤリイカ」と隣人たちがあだ名をつけた、ランの骨と皮ばかりの容姿も和らげた。この珍味は海水浴場で売られていて、ヤリイカの身はぺしゃんこになり、それを着る身体がないままロープにかかった衣服のように、太陽の下、たこ糸の端にひっかかっていた。ジャン＝ピエールはいつでもランの側にいて、そっとこの骨を身体もろとも包み込んでしまった。ランを見るたびに、光り輝く女性というランに対して抱く印象と実際の彼女との違いに、最初の数秒間、絶えず驚いてしまうのだった。

プレゼント　*quà*

パリから戻った私の表情が、おそらく隠しきれていなかったのだろう。居間のテーブルに次々と置かれてゆくプレゼントの山にもかかわらず、ママはすぐに私の興奮を見破ってしまった。娘には髪につけるリボンを、息子には彼を熱狂させてやまないフランス軍飛行機の大きな写真集を、夫にはマロングラッセを買ってきた。ニオール〔フランス西部の都市〕に住むおばが夫の両親にと持ってきて、その時口にしたマロングラッセが夫にとっては幻のような愉悦の味となった。ママには、彼女が子ども時代に使っていたようなフランス型罫線の印字されたノートをプレゼントした。このノートを使えば、lの文字はいつでも四本目の横線で止まるし、oの文字の丸みは最初の横線二本のあいだにとどまる。私は、ママが私たちの物語をそこに記してくれるよう、彼女の物語と、私自身の物語になる以前の私の物語について書いてくれるようにと期待しながら、そして、子どもたちへの遺産として彼女の言葉を残してくれるようにと願いながら、ママに十冊も購入したのだった。

　帰国した夜、私は子どもたちと一緒に、夫よりも早く就寝した。そうすれば真夜中に起きて、私のいないパリがどんな様子か伝えてくれるリュックの送った十数通のメールに目を通し、読み直すことができるからだ。リュックは何キロも何キロも、何時間も何時間も、雲から雲へと私の飛行機の後ろをついてきた。私は暗がりに埋もれた台所まで行き、座った。そこへママが、一言も発することなく私を探しにやってきた。紅茶とティッシュケースを持ってきてくれた。日の出まで、掛布団がかすれる最初の音が聞こえてくるまで、私たちはそのままじっとしていた。

鶴 *hac*

私が帰国してから数週間にわたり、すでに廃れてしまった表現を使って、リュックは私に新しい世界をつくりあげてくれた。その一つが「僕の天使」で、もっぱら私だけに使われる言葉となった。毎朝、一日の仕事が始まる八時六分に私の様子を尋ねるリュックの声しか、私にはもはや聞こえていなかった。並行してケータリングの仕事が増えたため、ひとり厨房で夜を過ごし、ストローほどの大きさの蓮根の新芽を縦方向に薄くスライスしながら、新芽の穴の数をリュックのために数えていても、正当化することができた。リュックは、まるでリサイタルを聴いているかのように、電話口で私の話に耳を傾けてくれた。私はといえば時折、個人パーティー向けメニューの裏側に記すために選んだ一節について、リュックの意見を求めたりした。

一度、ファンドレイジングのパーティー用に、昔受けた中国語の授業を思い返したことがあった。教師は「愛」という文字が、三つの表意文字をまとめたものだと説明した。手と心と足である。愛を表明するためには、両手で心を持って、愛する人のところまで歩いてゆき、その人に自分の心を差し出す必要があるからだ。何百という折り紙でできた鶴の胴体に、私の子どもたちとママ、ホンの娘、ジュリーの娘が縫いつけてくれた赤くて長い紙テープには、ジュリーが「愛」という文字の説明を印刷してくれていた。レセプション会場では、このメッセージを招待客に届けるためにと、天井に吊るされた鶴が招待客のところまで降ってきた。このメッセージはもともと、リュックに向けたものだった。私を苦しめるこれまで経験したことのない感情を特定できるよう、新たな自分として私が取り入れたこの言葉で、彼が受け取った鶴も覆われていた。半ば告白されたも同然のこの宣言に対する返答として、リュックは、フェスティバルへの正式な招待状を送ってくれた。このフェスティバルでは、数々のレストランが自らの厨房に海外のシェフを一週間招き入れ、顧客に対して三日間にわたり、異なる知識と専門技術を融合させたディナーを提供することになっていた。

リュックの本当の意図を知らぬまま、皆がパリという舞台に沸いた。ただ一人、ママを除いては。ママは、成功が恋の落雷を呼び寄せること、その結果、格別美しく生まれた新生児に対して、ちょっとした忌まわしい名前をつけるのだということを私に思い出させた。両親は新生児に「小びとくん」「小びとちゃん」、豚の尻尾を連想させる「コルク栓抜き」というあだ名をつけ、身内の者たちは新生児に、醜く、救いようがなく、忘れられてしまう存在だと申し渡すことで全能の神を欺くのだ。そうしなければ、不幸な運命を投げつけることだってできてしまうやきもち焼きの彷徨《さまよ》える魂の注意を、引きつけてしまいかねないからだった。

生きる　*sống*

私もまた、リュックとの出会いを悲劇だと、惨事だと、私を丸ごと飲み込んでしまう不幸だと決めつけることで、自分を欺こうと努めた。もし私が熱心なカトリック信者だったら、忘我のために苦行衣に袖を通して苦行を積んでいたことだろう。突如生まれた生きる欲望を、年老いるまで生きたいという欲望を殺してしまうために。母親たちは、子どもたちの学位授与式や結婚式、さらには孫の誕生に立ち会いたいと夢見て計画しているのだと耳にする。彼女たちと違って、私はこうした種々の到達点に、子どもたちが歩んでゆくなかで節目をなす種々の標石に、立ち会う自分をイメージすることができない。私の役目は、最後まで子どもたちについていくという願望を持たずして、彼らが川や境界を渡る助けとなるような橋だったり、渡し守になる役割を担うことに限られている。私の歩みは、これまでいつだって、日常の必要に迫られたものかママから任された仕事によるものだったり、あるいは不可能なことと可能なことによって決められていた。ママと同じく、私も特別な目標など選んだことはなかったのに、気づけば飛行機の翼に再び座り込んでいたのだ。明確な、そして計画して望んだ行き先へと、とりわけ私のことを待ってくれている人のもとへと運んでくれる飛行機の翼に。その人は私を迎え入れ、受け入れてくれることだろう。

モーブ色の水　*nước tím*

空港のターミナル3の扉口にリュックは現れなかった。それは、予想していた数多くあるシナリオの一つに当てはまった。本能的に手が動き、かばんのなかで手帳を探していた。手帳には、五〇年代末からパリ郊外に住む、ママの従姉妹の電話番号がメモされていた。

前回旅行したときに、私は彼女の家を訪問していた。ママの従姉妹と彼女の夫は、革命期のベトナムから抜け出せずにいた。彼女の夫は、コミュニスト兵士のような緑のヘルメットをかぶっては、農夫のごとくつるはしで庭の土地を掘った。従姉妹のほうは、黒いズボンとくすんだ色のシャツに身を包み、まるでいまだにベトナムにいるかのように摘んだばかりのサクランボを一粒ずつこすりながら、私のために洗ってくれた。ベトナムでは、ハーブやサラダ菜は過《か》マンガン酸カリウム〔消毒殺菌用として使われる〕の入った紫色の水で殺菌しなければならなかった。ママが書いた古い手紙を、私のためにと取り出してきてくれた。その後亡くなるまで、彼女は定期的にママとやり取りをした。従姉妹はベトナム語で手紙を書き、ママはフランス語で手紙を書いた。二人の女性は同い年で、「冷たい母」との関係が困難だった時期には、この従姉妹がママの打ち明け話の相手だった。彼女の名前と連絡先を、それ以上の説明をするわけでもなくママは私に渡した。封筒にさえ入れていない剝き出しのカードに「私の姉妹よ、あなたに私の娘を紹介します。いつか、あなたに詳しく説明しますね」とだけ、一言書き添えて。

血縁関係　*bà con*

従姉妹は猫背の老女になっていたが、家族史の続きにと、革のケースで保護された古いカメラで私の写真を撮ってくれた。彼女は写真ができたら送るからと約束し、私も、ママと子どもたちの写真を撮って送るからと言った。私は前回同様、ベトナムにいるかのように、事前に知らせることなく彼女の家を訪問できると知っていた。ベトナムでは、誰がそこにいるのかわからぬままドアを開ける。

ある日ママと私は、事前に生存していたことも知らせずに、第二《ドゥー》の姉妹である彼女の家へ顔を出した。ママは、ドゥーに差し迫る危険を回避させるために戻ってきたのだった。

政治　*chính trị*

姉妹のドゥーは、旧政治体制下の高級官吏退職者と結婚していたので、共産主義になると民衆の敵となってしまった。この時代、大邸宅に住んでいれば、種々様々な糾弾の対象となる。国家の凋落《ちょうらく》に亀裂、品格喪失を招いた罪を負う資本主義者たちの人物像に、ドゥーの家族は合致した。二十年以上もの不在を経て、ママは玄関の呼び鈴を鳴らした。ドゥーはママを迎えて、家に招き入れた。まるでママの不在が物理的なものでしかなかったかのように、あるいは時間が不在を説明してくれたかのように、もしくは彼女たちの顔の皺が、お互いが不在のままに送ったそれぞれの人生をすでに物語っているかのように。

革命に参加した事実により、ママは、家族もとろも過酷地帯へと送られるのを免れることができた。過酷地帯では、土地を開墾し、手にスコップをもって運河を掘削し、大麦の配給で腹を満たさなければならなかった。道端で眠り、しかもその多くが、元々は自分のものだった家の前の歩道で寝ていたという帰還者の話によれば、乾燥したこの過酷な場所を、当時は誰もシベリアの地と比べることができなかった。恐らく、誰一人として二か所の土地を生き抜いた者などいなかったから、比べることなどできなかったのだ。植えつけられた自らの過去を目のあたりにしながら生きていくなんて、耐え難いのではないかと思った。もしかしたら彼らは、新しい居住者たちが同情心から、彼らを集めて家の一角を分け与えてくれやしないかと期待していたのかもしれない。過去がもはやただの出来損ないだったとならぬよう、人々がもはやフェルトペンで、写真に写る渦中の人物の顔や旧体制の旗を黒く塗る必要がないよう、そしてとりわけ、過去を現在に戻してやるために。

過去　*quá khứ*

ハンドバッグのなかにあるアドレス帳を探していたときに、エアターミナル出口の反対側の端から、一人の男性が私に向かって走ってくるのが見えた。一秒も経たない間に彼の顔が現れ、まさにこの瞬間、私は現在という時間のなかに置かれた。過去を持たぬ現在に。彼は、私の到着を見張るために、離れたところから見ていたのだ。私たちを試すために、自分の抵抗を推し測るために。しかしその抵抗も、ぴったり十七秒しか続きはしなかった。「永遠の時間にも思われた」と私に語ったリュックは、さらにこう付け加えた。「当然の成り行きさ《エヴィダンス》」と。

私の周囲で「容易《エヴィダン》ではない！」という否定表現はよく聞いたけれど、肯定の形で聞いたことは一度もなかったし、名詞ではなく「容易な」という形容詞の形でいつも用いられていた。名詞の形では、英語の定義しか知らなかった。英語では「証拠」や「一連の事実」を表し、そうと信じていることを確証するか無効とするのに用いる言葉で、結論を引き出す一助ともなるといった定義くらいしか知らなかった。フランス語と英語のあいだでは、空似言葉《フォザミ》が罠を仕掛けるので、毎度私は引っかかって負けてしまうのだ。

リュックは、私が文法や論理展開、さらには意味についても、ひどく取り違えてしまうことを知っていた。一度など、お気に入りの一節「自分自身の気持ちを取り逃がしてしまった」に下線を引いて、リュックに歌詞を送ったことがあった。文法的には「自分の気持ちから逃げる」または「気持ちが私のもとから逃げてしまう」が正しくて、偶発的に気持ちを失うなんて不可能だということを知らなかったのだ。「逃げる」という動詞の誤用について詳細な説明をしてくれたが、それでもリュックは、ときどき私のケベック訛りのフランス語を、愛情とともに採用した。「（船底にタールを塗る）タールブラシ〔カナダでは、モップの意味で使われる〕」という言葉が、いたって優しく「モップ」にとって代わり、「後に」は「その後で」という言い回しへとかわっていった。

シェルパ〔ヒマラヤ山中の山岳案内人〕のように、リュックはフランス語について回り道をしたり蛇行しながら、まるでバラの花びらをはがすように、わずかなニュアンスを一度に一つずつ、言葉を一層また一層とあらわにし、私を案内していった。こうして「当然の成り行き」という語の意味が説明され強調されては、百通りの方法で表現された。バリエーション豊かでありながら、かつ思いもしない文脈において。

リュックによれば、私のパンプスの靴紐のバックル裏に隠された鉤《かぎ》が彼の目に触れたのは、「当然の成り行き」の結果によるものなのだ。というのも、あたかも全人生においてその仕草を繰り返してきたかのように、彼の両手が、ためらうことなくそれを取り外したからだ。同じように、唇を彼の鎖骨の窪《くぼ》みにのせ、そこを休息の地として選ぶ権利があるよう私に感じさせたのは、「当然の成り行き」だったのだ。生まれて初めて、このわずか数センチメートル四方に自分の旗を立てて、それが私のものだと宣言したい欲求を覚えた。そのいっぽうでママと私は、あれほど多くの場所を、振り返って最後の一瞥《いちべつ》さえもせず、後にしてきたというのに。もしそうしたことが「当然の成り行き」によるものでなかったなら私は、ママと街に太陽が沈むのを眺めて、エドウィン・モーガンの詩を彼女に暗誦してみせたことだろう。

あなたが私のもとを離れるとき、
もしもあなたが私のもとを離れることになったら、
そして私が死んでしまいたいと願うとしたら
私を救えるものなどないだろう
この瞬間以上には
あなたが私の腕のなかで眠りについたこの瞬間
を超えるものなど
いとも穏やかに身をゆだねて

When you go,
If you go,
and should I want to die,
there's nothing I'd be saved by
more than the time
you fell asleep in my arms
in a trust so gentle,

I let the darkening room
drink up the evening, till
rest, or the new rain
lightly roused you awake.
I asked if you heard the rain in your dream,
and half-dreaming still you only said, I love you.

私は部屋が暗闇に包まれてゆくのに任せた
夜を飲み込んだ部屋をそのままに
休息と、降り出したばかりの雨が
あなたを優しく目覚めさせるまで
私はあなたに夢見心地のなかでこの雨に気づいたかと尋ねる
まだまどろみのなかにいるあなたはただ「愛している」とつぶやいた[†8]

肌 ***da***

これまで一度たりとも愛人の腕のなかで眠りに身を任せてしまうことなどなかったのに、リュックは私の横で眠りについた。私自身は、必要に応じてすぐに寝入ることを学んでいた。その場にいないほうがいいと思われる状況や場面で、降りてくるカーテンのような機能をまぶたが果たすように。指をパチンと鳴らす間に、二つのフレーズが話されるあいだに、あるいは私を傷つけるような言葉が口にされる前に、意識のある状態から無意識の状態へと移行できる能力があった。時間をなんとか捻出したこの日、奇妙にも私は目を閉じることができなかった。私の記憶に、リュックの肌の一か所一か所を刻んでいた。彼の身体にある皺《しわ》の一本一本を、首の皺や、肘窩《ちゅうか》〔肘を曲げたときにできる内側のくぼみのこと〕部の皺といった肘《ひじ》の隠れた部分や、ちょうど膝裏《ひざうら》にあるH型をした膝窩《しっか》部の隠れた部分、私が小さかったときに汚れがたまってしまったすべての溝の皺を数えた。

風によって運ばれ、子どもたちが無意識にキャッチしてしまった埃《ほこり》を閉じ込めるこうした部位を、母親たちはこすってきれいにしなければならなかった。リュックのボディーラインを眺めていたとき、子どもたちの皺に指を走らせる機会がなかったことに気がついた。というのも、私が学校で一日を過ごした後のように、子どもたちが首の周りに黒い「首飾り」状の汚れをつけて帰宅したことが一度もなかったからだった。モントリオールの空気は、濾過《ろか》され、浄化されているということなのだろうか、あるいは、ただ単に跡さえ残さぬほど澄んでいるということなのだろうか？　リュックの肌の白さは、こうした純粋さを宿していた。まぶたの上の傷跡が飼い犬との共通点を物語っていたとしても、あるいは、軽く触れただけで今なお飛び上がってしまうほどの痛みを残すくるぶしの傷跡が、向こう見ずな彼の青年期を物語っているとしても。

傷跡　*theo*

痛みこそなかったけれど、私の腿《もも》の傷跡が、火傷した皮膚をさらしていた。ひっくり返った魔法瓶のお湯のせいだったか、あるいはうっかり誤ってだったか、あるいは、私が女の子のためにコップのなかでかきまぜていた粉ミルクを、半分ずつ分け合わなければならぬと恐れたその子によるものか。ママはこの傷を一度も目にしたことがなかった。ママが気にしたのは、名前も言えぬような遠方から帰宅したときにできていた、私の傷跡だった。

私も、右ふくらはぎを貫通した弾丸の穴を除いては、ママの傷を見たことがなかった。ママはただの事故だと話して、私を安心させた。私も、傷は私が不器用だったためにできたものだと返答して、ママをなだめた。ママはスカートをはかず、私もミニスカートをはかなかったので、こうした傷跡について改めて議論せざるを得ない機会も訪れようがなかった。夫は、私が生まれたときからある染みだと確信していた。プールの周りを私が水着姿でぶらぶらすることもなかったし、浜辺に身を横たえて、太陽に溶けてしまうようなことも一度もなかったので、子どもたちは、この傷跡が普通ではないとは思っていなかった。リュックだけが、私の皮膚のちょっとした着色をかなり長いこと眺め、そこに世界地図を発見し、私のところまで歩いてこられる道のりをそこに描いた。道を進むと同時に、リュックは私から離れたところで、奥さんと一緒に子どもたちの学校の父母会にも出席しなければならなかった。

眠る　*ngủ*

バルコニーへ駆け寄る前から、階段を降りるリュックの足音が聞こえてきたので、彼が部屋に戻ってきてしまったときには、つま先立ちで手すりの上から身をかがめ、歩道にリュックの人影が現れるのを待っているところだった。私は、リュックが帰れるように、良い父のままでいられるようにと、彼の車まで一緒に下りていった。彼が私のことを見捨てているわけではないのだと、ベッドはまだリュックの背中のシルエットを保っているからと、枕は一瞬まどろんだ後に私を探した腕の形を保っているのだと、リュックに思い起こさせた。邪魔をせず、リュックの眠りを見守るのにちょうどぴったりな、一呼吸分あいだを離した距離に私は座っていた。

夫の眠りはひどく浅いので、私は、掛布団の上に乗るのと同じくらい静かに、掛布団のなかへ潜りこむことができるようになっていた。結婚生活の最初の数か月が過ぎた頃には、夫が、小さかった頃のように腕と足を巻きつけて眠れるよう、長くて丸いクッションを縫ってくれないかと私に頼んできた。人間の大きさをしたこのクッションだけが彼を落ち着かせ、祖父の夢を見ないようにさせてくれた。この祖父は、よく真夜中に孫たちや、家族が所有する土地に住む子どもたちを先祖の部屋へと集めさせ、自分の前でひざまずかせて、妻を叱るところを皆に聞かせた。夫の祖父は、彼が所属していた軍の基地と同じやり方で、自らの権威を家族に押しつけた。一片の迷いもなく、毅然として天や運命を引き裂く命令を何百と与え続けることができるようにと、祖父は完全服従を求めたのだ。夫はぴりぴりしながら眠っていたので、私が不器用なことをしでかすと飛び上がって目を覚まし、私の存在に驚いては、おびえた目つきでじっと見据えた。リュックも夫と同じようにおびえきった目つきをしたことがあったが、それは、私の存在ではなく不在を無意識に感じたときのことだった。

シュッ！ *xèo*

ベトナム料理のメニューを私たちが披露することになった夜、リュックはレストランに三箇所のスペースを設置した。一つ目のスペースでは、ホテイアオイで編み込んだ大きなお盆をフレッシュハーブで埋め尽くして、春巻きとグリーンパパイヤのサラダを用意した。グリーンパパイヤのサラダには、酒に漬けたビーフジャーキーをゴマで覆い、低温で十時間焼いたものをあえた。ウエストまで両脇にスリットが入ったシルクの仕事着を着た二人の若いベトナム人女性が、暑い国特有の緩慢さと花盛りの若き女性の自尊心とともに、春巻きを準備した。

リュックは、二つ目のスペースに天秤棒のバスケット籠《かご》を四つ設え、飾りつけた。籠にはお椀とビーフン、そしてブイヨンの入った大きな鍋二個が入っていた。いっぽうの鍋には、皇帝や高官に提供するために考案されて磨き上げられた、精巧な料理を誇る旧王都フエを代表するブイヨンが入っていた。

三つ目のスペースは私に割り当てられ、豚肉とエビを包んだターメリック入りのクレープを裏返す作業を受け持った。皮を薄く伸ばしながら、フライパンの底と同時に鍋肌にも生地をはりつかせるため、手首のしなやかさと素早い動きが求められた。バインセオ（*bánh* xèo）――という料理名――が、液体が熱に触れたときにシュッシュッと跳ねる音を想像させるので、火力を強める必要があったが、沸点には達しないようコントロールしなければならなかった。難しいのは、豆もやしと黄インゲンをクレープで包み、クレープ生地を破らずに二つ折りにしなければならないことだった。パリパリになった生地の最初の一口を割るのはいつだって私にとって勇気のいることだったが、リュックに渡した最初の一口はわけもなく割ることができた。唇のあいだでクレープが屈服し、サクサクと割れてゆくのを感じる喜びをリュックに味わってほしかった。リュックの口のなかで、この軽やかなクレープ皮が溶けて、羽ばたきほどの速さで瞬時に消えてゆくのがわかった。苦味と新鮮さをほのかに感じられる後味をリュックの舌に残せるよう、それから急いで、からし菜の葉で二口目を包んだ。

鏡 *gương*

数時間にわたる食事のあいだリュックが、厳かな、かついとも簡単に壊れてしまうこのクレープにとりかかるためには手を使って食べたほうがよいのだと、会食者たちへの説得につとめながら、テーブルからテーブルへと回る姿を目にした。部屋は満席だったが、シュッシュッと音を立てる三つの中華鍋から目を上げると——といっても、一秒にも満たないあいだではあったけれど——奥まった席でワインボトルを開けていたり、入り口で常連客の女性に挨拶をしているリュックと必ず目が合った。二人で時間を止めてしまった部屋の壁に掛かっていた鏡に、自分の姿を認めたのと同じように、彼の目に映る姿が自分だとわかった。モントリオールの我が家には鏡が数枚しかなく、それでさえ私には高すぎたり遠すぎる位置にあり、もう一枚も、邪気を追い払うためにと夫が玄関ドアに掛けた、ごく小さな鏡があるだけだった。自らの鏡像に恐れおののくという邪気のごとく私も、自分が映る姿をみるたびにびくっとしていた。というのも、そこに映る姿は、自分の思っていたイメージからはかけ離れていたからだった。しかしリュックの顔の隣に映る自分の顔は「当然の成り行き」のごとく、私自身のようだった。仮に私が一枚の写真だとしたら、リュックは、その日までネガとしてのみ存在していた私の顔を映し出してくれる現像液であり、定着液だっただろう。

落ちる *ngã*

私はこのパリ滞在の後、私を彼から切り離し、私たちから切り離し、自分自身からも切り離してしまう恐ろしい飛行機のなかで、六時間ものあいだ涙を流し続けた。空港から自宅までの移動のあいだも、一歩上りすぎたり、扉が思っていたよりも小さすぎたり、一言余計に長すぎたりして、三度もまごついてしまった。幸いにも私は、宿題にダンスのレッスン、ホッケーの練習、レストラン等、いつも通りのにぎやかな日常のまっただなかに到着した。日常生活が落下途中の私をつかんでくれて、アトリエの机に置かれたリュックの手紙が、私のバランスを保ってくれた。封筒に入っていた言葉は一文のみで、鉛筆でなぞったリュックの左手の輪郭の内側に、「きみは到着したんだね」と記されていた。モントリオールへの着地を和らげるようにと期待して、パリ到着の翌日にリュックがこの手紙を送ってくれていた。

戻ってからの数日間、そして数週間のあいだリュックは私に、高齢女性のショッピングバッグを歩道に持ち上げるのを手伝おうと立ち止まった通りの写真や、新しくとりつけたドアノブの写真、ヒナゲシに囲まれた精製所近くにある行きつけのカフェの写真を送ってくれた。二人の世界を重ね並べて、二人を隔てるいくつもの大陸を移動させながら、同時に至る所自由に存在できるようにと私たちは試みた。竜巻が互いの土地に被害をもたらさぬよう、一枝ずつ約二十年ものあいだそれぞれ築き上げてきた巣を竜巻が壊して二人を飲み込んでしまわぬよう、シナリオをいくつも練り上げた。

誕生日　*sinh nhật*

ママが、出生証明の登録係で行き当たりばったりに選んだ日づけである私の誕生日に、リュックは、二十四時間を私にプレゼントしてくれた。料理のアトリエを開いていたケベックまで、私に会いにきてくれたのだ。夜は二人で、リュックの長い大腿骨《だいたいこつ》を私の長さと比べて測っては、もう一度測り直して過ごし、私の全身を覆うのに必要なキスの数を、彼の全身を覆うキスと比べ、なかでも彼の到着を我慢しきれずにいた私のことをからかった。カチャッとドアが開く音がしたとたん、私は浴室にかかっていたバスローブ裏の隠れ場所から飛び出した。助走も必要とせず、リュックの首にパッと抱きついたのだ。

ジュリーが私をレッスンに連れて行ってくれていたのだが、練習の一つに、はしごをよじ登り、後ろ向きに落ちて、グループの他のメンバーたちにキャッチしてもらうというのがあった。何度もやってみたけれど、そのときは上手くできなかった。しかし今なら、もう一度やってみることになったなら、目を閉じて身を投じることができるだろう。自分の身をリュックの身体へと沈めてしまえる、この不注意さとともに。

今でもまだ、この夜、まるで二人の前にすでに築きあげられた、すべてが可能性に満ち溢れた人生をリュックとともに手にしているかのように何度かうたた寝してしまったことを後悔している。リュックは寝ずにいたと思う。というのも、私がうっすらと目を開ける度に、確かな優しさとともに私の視線を待っていてくれた彼の視線に迎え入れられたからだ。夜が明けると、露《つゆ》の匂いと、キャロットマフィンの香りを嗅ぎに外へ出かけた。パリのサン・トゥスタッシュ教会の階段で一緒に味わった、洋ナシとピスタチオのタルト・ブルダルーを味わうまでは、キャロットマフィンが私の一番の大好物だった。

翌日の午後、私の髪の一本を彼の上着の布地に、もう一本をジーンズの右ポケットの底に縫いつけてくれるよう私に頼んで、リュックは帰っていった。駅のホームで、私がしきりにこだわるシーツの冷たさと白さを、自分も好きになるよう約束すると私の手のひらにサインをした。それから予告なしに、もう三十分の延長が二人に許されるよう電車を降りてタクシーに乗るからと私に告げて、地方にある二軒のレストランオーナーの招待に応えれば、私がフランスに戻れるからと計画を立てた。

ルビー色の血管腫　*ruồi son*

この滞在のほかにリュックは二度やってきて、彼の赤いほくろの一つ一つにキスをする時間を持つことができた。さらに、私たちにとって第一の存在理由である身内の誰一人として傷つけることなく二人で暮らせる土地の名前を、ほくろの一つ一つに名づけることができた。ほくろは幸運をもたらすシンボルで、褐色の肌には珍しいことから貴重だと考えるベトナム人の多くが抱く誇らしさとともに、私は注意深くルビー色の染みを一つ一つ数えた。黄色い私の手のひらをみせると、リュックは「初々しい」とさえ言えるほどの私の肌の「ほくろ」について話をした。私の語彙に、リュックは「初々しい」と「ほくろ」という二つの単語を「依存」と「食い道楽」の隣に追加した。この使い古された言葉もまた、まったく新たな意味を与えられたのだけれど。

スーツケース　*va-li*

私たちが最後にパリで会ったとき、二人で私のスーツケースを慌てて閉じていると、リュックが質問してきた。「もし来週、きみの家の玄関に僕が現れたら、なんて言うかい？」手を止める時間さえとらず、反射的に一言で答えてしまった。リュックを抱きしめながら「大変だわ」と。それは真面目な質問だったのに、私はそのことを理解していなかった。

釘　*đinh*

リュックの家庭でたくさんの涙が流れ、言葉にはならない言葉が口にされ、傷を負ったことを私は知らなかった。ようやくリュックの質問の意図に気づき、私の答えが引き起こした結果を理解したときには、もう手遅れだった。リュックの奥さんから電話があって、私を非難することもなく彼女の意志が告げられたとき、最後の釘が私の柩の蓋に打ち込まれた。「私は残りますから。おわかりですね？　私は残るのです」。

結婚記念日のパーティー用に、十種のスパイスをふりかけた鯛の蒸し煮（*cá chưng*）を準備していたとき、この宣告を受けたのだった。作業卓には極細ビーフン、きくらげ、しいたけ、塩水にひたした枝豆、豚ひき肉、細糸状にすったニンジンやショウガ、カットしたとうがらしなど、ユリの花をのぞくすべての準備が整っていた。加熱中に花びらがバラバラにならないように、私はユリの花を一つ一つ縛った。この反復動作のおかげで、誰にも気づかれずに、ギモーヴのように甘い曲をささやくリュックの声が頭のなかで聴こえていた。リュックの奥さんから電話がかかってくるとは思ってもみなかったので、私は呆然としてしまった。両手がユリのめしべを取り除き続け、ただただ魚を飾りつけては網目の粗い巨大な蒸し鍋にのせているのが目に入ってきたのを覚えている。しかし、それ以外のこと、その後のことは忘れてしまった。

心を引き裂く　*xé lòng*

ママは若い頃ずっとカトリックの修道女たちのもとで勉強をしていたので、聖書の物語をたくさん知っていて、メッセージや教えを諭《さと》すために、よくその話をしてくれた。その夜、私は厨房の掃除と戸締りの担当になっていた。ママは私と一緒に残り、階段へと消えていく前に、ソロモンの審判の話をそっと私に伝えてくれた。

ひざまずき、手にはブラシを持って、おびただしい涙を流しながら厨房の床を掃除した。何本も砥石で包丁を研いだ。庭を懐中電灯で照らして、しおれた花や枯れ葉を取り除いた。そして、自分を二つに切り裂いてしまうために、リュックから切断してしまうために、自分の一部が死んでしまうようにと、ことさらに息を殺した。さもなければ、リュックの全身が死に包まれてしまうから。四つ裂きに、八つ裂きにされ、ギザギザに千切れてしまい、彼の子どもたちも巻き添えになってしまうから。

秋 *thu*

私は、時間のかかる料理の製作に打ち込んだ。ジュリーが私に知らせることもなく私の勤務時間とルーティンワークを軽減させてくれて、このばかげた計画に打ち込む私を支えてくれた。ベトナム旧暦の正月であるテトに備え、鶏肉を傷めることなく骨を取り除き、詰め物をしては縫い合わせるのに私は幾晩も徹して時間を割いた。それだけでなく、近所にある仏教寺院へ、枝の一本一本にマンダリンオレンジがたわわに実る大木を寄附した。オレンジの軸に願いを書いて巻きつけると、果実の一つ一つにその願いが宿った。零時ぴったりにオレンジをもぎ取った者へ、この祈願は向けられていた。八月に行われる月祭りでは、中秋節に食す正方形菓子の月餅《げっぺい》（*bánh trung thu*）をつくった。ベトナム人は、ろうそくの灯った赤いちょうちんを持って通りを練り歩く子どもたちを眺めながら、月餅を味わう。中に詰める具材は好みに合わせて、また、手をかけた時間によって異なる。

待つものが何もないときには時間が無限にあるため、私は永遠を手にしていたも同然だった。そこで私は、何種類もの木の実やグリルしたスイカの種をなかに詰めた月餅をつくることにした。きわめて強い力で堅い殻を一つずつ割り、中身を取り出さなければならなかった。殻の中のデリケートな果肉には触れぬよう、頃合いを見て力具合を緩める塩梅が大いに求められた。うまくコントロールできないと、果肉は、目覚めた瞬間の夢のごとく潰れてしまう。僧侶の修行のように自分の世界にひきこもれはしたが、私自身の世界などもはや存在しなかった。

幸いにもベトナム語は動詞の時制をもたない。すべて不定詞の現在形が用いられる。だから、リュックの声をもう一度響かせようと、「明日」「昨日」「決して」を言い忘れたまま話をすることも簡単だった。

私は、二人が一つの人生を生きてきたように感じていた。リュックが、困ったときに天へ向けて右手の人差し指をぴんと立たせる姿、ブラインドの陰で休息するその身体、子どもたちの後を走りながら首にロイヤルブルーの大判スカーフを巻く仕草を、正確に描いてみせることができた。

ドッグタグ　*thẻ bài*

リュックがいなくなってしまうと、彼が消えて「私たち」が消えてしまっただけでなく、私の大部分も消えてしまった。パリ最古のアイスクリーム店でシャーベットを十種類も試してみたときに少女のように笑う女性を、私は失ってしまった。長いこと自分の裸体をわざわざ鏡にうつして、背中にフェルトペンで書かれた反転文字を解読しようと目をこらす女性もまた、失ってしまった。今でも浴室の鏡の前で踏み台に立ってみると、ときどき文字がにじんで広がった痕跡をみつけることができる。背骨に沿って上から下に読んでみれば「ＥＶＯＬ」だが、反対に読めば「ＬＯＶＥ」となる。

ママが介入するまでに、どれくらいの時間が流れていたのか、もはや正確には思い出せない。夜を過ごすようにと言われたママの部屋のまったき暗闇のなかで、彼女は私の手に、お茶菓子ほどの大きさをした小さな金属プレートを置いた。このプレートは、思春期の少女時代にママへ詩を贈ってくれた、後に兵士となった若い少年フンの持っていたドッグタグの片方だった。ドッグタグは二つで一組になったＩＤプレートで、フンに関する基本情報が、両者同じように刻印されていた。万が一彼が戦場に斃《たお》れ、軍の仲間が基地へ持ち帰るためにと一方のプレートを引きはがさない限り、常に首の周りにつけておかなければならないものだった。出征前にフンが軍服姿でママに会いにやってきて、「僕が送ることのできなかった人生」を彼女に贈るために、このプレートを渡した。それはまた、万が一このプレートを回収しにフンが戻ってこなかったなら永遠に夢と化す、彼女を想う夢を贈るプレートでもあった。

　何年ものあいだ、田んぼの溝や群生する葦のあいだに見捨てられた軍用ヘルメットを見かけるたびに、表側が見えるように落ちていようが反対向きだろうが、雨水でいっぱいになっていようが空だろうが、ママは、自分が内側から崩れ落ちてしまうものとばかり思っていた。もしクラスメートの歩みに合わせて前進し続けることを強いられていなかったなら、ママはヘルメットの横にひざまずき、二度と立ち上がることができなかっただろう。幸いにも、数珠繋ぎになった列の沈黙のおかげで、ママはしゃがむことなく立っていられた。少しおかしな動きをしただけでも、地雷が吹っ飛びかねなかった。そして国のために自らを犠牲にして、泥だらけの斜面を大砲が滑り落ちないようにと備える、車輪の前に横たわった全ての兵士たちの命を、危険に巻き込んでしまいかねなかった。

犠牲　*ly sinh*

ひとたびジャングルから戻ると、ママはフンのことを探し出した。フンは、年老いた両親とまだ母の乳を飲む赤ん坊とともに、家族の家に住んでいた。フンは医者になっていて、村人たちの言うところによれば、尊敬され、愛される男性になっていた。ママは、シエスタのためにココヤシの陰でハンモックのなかに身を横たえるフンを見つめていた。上半身は裸で、シャツを枝にかけ、首の周りには今なおドッグタグのチェーンをつけていた。ママは、彼が眠りにつき、そして目覚めるのを眺めていた。フンの片腕が動いたときに彼が起きるのを期待したけれど、フンは、葉擦れの音にも、池の鯉の尾びれがパシャパシャと打ちつける音にも微動だにしなかった。この日常の穏やかな静寂のなかで、出征の夜にママがフンに贈ろうと、髪から解いて渡したリボンが巻かれたチェーンの留め金を、フンの手が探しているのに気づいた。このリボンは、ママの異母妹たちのようにサテン生地でできたものではなかった。継母が投げ捨てた刺繡糸の切れ端を何百と使い、きわめて目を細く織りあげては撚《よ》り合《あ》わせて、このリボンをつくらなければならなかった。

ママは、フンのもとへと歩いていかずに、後ろに二歩下がったその足音で彼の顔を振り向かせた。フンが診療所へ出発するまで、ママは彼に背を向けたままだった。愛情ゆえに、彼女はそこへ二度と戻ることはなかった。

朝食　*ăn sáng*

この晩、ママも私も一睡もしなかった。翌日、私はいつもの朝と同じように、静かで一人っきりの朝を好む夫を目覚めさせないようにと、できる限り音を立てずに子どもたちの朝食を準備した。いつものように、玄関の戸口で子どもたちにランチボックスを手渡した。しかしこの朝、子どもたちの背の高さに身を屈めて抱きしめてあげられるようにと、リュックの手が私の背中の上のほうを撫でているように感じられた。もし彼がここにいたならそうしたように、そして、リュックが毎朝自分の子どもたちにそうしてあげているように。

翌々日には、リュックがまるでサインをするくらい自然に「僕の天使、愛しているよ」

とメッセージの終わりにいつも書いてくれていたのと同じ、このちょっとした言葉を、子どもたちのサンドイッチを包んだなかにしのばせておいた。

それ以来、リュックが私の髪を一本一本慈しんでくれたのと同じ動きで、娘の髪をとかしてあげている。同じく、うなじの皮膚をなでながら、息子の背中にクリームを塗ってあげている。

とある午後、ジュリーと連れ立ってベトナム人エステティシャンのところを訪れた。彼女は、「運命の透視者」の勧めに基づいて計算された場所に赤いほくろのタトゥーを入れることで、定められた運命を挫いて、新たなチャンスを与えられる力があると客から評判なのだ、と話してくれた。

沈黙　*yên lặng*

最初に訪れたとき私は、額際の、鼻のラインから一センチ左にずれたところにほくろのタトゥーを入れてもらった。右太ももの内側上部に二つ目のほくろを入れてもらおうと二度目の予約を入れたのは、青い空を見上げて飛行機の跡が見えるまで待っている口実が必要だった日のことだった。三度目は、私の辞書の二ページ分のあいだから、たまたまみつけたモミジの葉を祝うためだった。この葉は、一緒に選んだ指輪とともにリュックが送ってくれたものだった。その宝石店には中庭があり、モミジの盆栽も置かれていた。一月後、私のサイズに調整された指輪を取りに行くためにリュックが再び足を運んだときに、葉を一枚摘んでもいいとオーナーが許可してくれたのだ。四度目に訪れたときは、ごくわずかながら雪が舞っていた。この朝、大きな雪片が私の鼻先に積もったのだが、そこはちょうど、リュックが唇で雪片を取り除いてくれた場所だった。

こうしてエステティシャンのもとを訪れることで、私の身体は、暗記するほど知り尽くしたリュックの赤い点々を再現できている。彼のほくろ全てをタトゥーしてもらった日には、その点を結んでみることで、私の身体にリュックの運命を表す地図が描けることだろう。そしてこの日、恐らくリュックが私の家の玄関に現れ、いつも直感的にそうしてくれていたように私の手をつかんで、私が「大変だわ」と口にするのを、キスしながら止めてくれることだろう。

原注

＊ Dans Richard David Precht, *Amour–Déconstruction d'un sentiment*, Belfond, 2011. ピエール・デユッス（Pierre Deshusses）によるドイツ語からの翻訳。〔邦題は『「愛」って何？――わかりあえない男女の謎を解く』柏木ゆう・津守滋訳、柏書房、二〇一一年〕

†1 Việt Phương, *Cửa đã mở*, Thơ, 2008. キム・チュイによる翻訳。

†2 Nguyễn Du, vers 1–8, グエン・カック・ヴィエン（Nguyễn Khắc Viện）の翻訳。

†3 キム・チュイによる翻訳。

†4 Rumi, *Bridge to the Soul: Journeys into the Music and Silence of the Heart*, コールマン・バークス（Coleman Barks）翻訳、Harper One (HarperCollins Publishers の部局), 2007.

†5 ジュリー・マカール（Julie Macquart）による翻訳。

†6 Roland Barthes, *Fragments d'un discours amoureux*, Le Seuil, Paris, 1977.

†7 Camille Laurens, *Le Grain des mots*, P. O. L, Paris, 2003, p. 22.

†8 Edwin Morgan, *New Selected Poems*, Carcanet Press, Manchester, 2000. ジュリー・マカールによる翻訳。

訳書あとがき

本書は、カナダ（ケベック州）在住の作家キム・チュイの三作目にあたる*Mãn*（Montréal, Éditions Libre Expression, 2013）の翻訳である。翻訳に際しては、必要に応じて英訳（Sheila Fischman trans., Random House Canada, 2014）を参考にした。刊行された日本語訳としては、彼女のデビュー作となり、カナダで最も権威あるカナダ総督文学賞（フランス語小説部門）の受賞作品となった二〇〇九年『小川』（*Ru*）（山出裕子訳、彩流社、二〇一二年）、そして二〇一六年『ヴィという少女』（*Vi*）（関未玲訳、彩流社、二〇二一年）に続き、三作品目となる。邦訳の刊行としては三作目ということになるが、本書は『小川』の刊行後、単著として二作品目の小説となる。ちなみに『小川』と『満ち足りた人生』の刊行のあいだに、パスカル・ヤノヴヤックとの共著『あなたへ』（*À toi*, Montréal, Éditions Libre Expression）が、二〇一一年に刊行されている。デビュー作『小川』に見られた、溢れ出る思いとイメージにあたかも瞬時に言葉を充てたかのような流れ出す文体は、『満ち足りた人生』でも顕著であるが、本書ではより主人公マンの内面に焦点化しながら、物語が綴られている。単著三作目となる『ヴィという少女』へとつながる、時空を超えた物語の時間軸に読者を瞬く間に誘うキム・チュイならではのエクリチュールが、本書によって準備されていることが見て取れる。

『満ち足りた人生』でも、『小川』や『ヴィ』のように、作家自身を彷彿とさせるベトナム出身のケベック人女性を主人公とする物語が描かれている。『ヴィという少女』のあとがきで、キム・チュイ作品の受容、そして作家にとって第二の祖国となったケベックの歴史とケベックの移民作家による「移動文学」については紹介しているので、ここで詳しく述べることはしないが、本書のテーマともいえる料理との関わりという点から、作家の略歴に触れてみたい。

キム・チュイ作品で描かれる登場人物たちは、いずれも数奇な運命を辿っているが、作家自身も波瀾万丈な唯一無二の人生を送っている。十歳のときにボートピープルとして家族とともに祖国から逃れ、マレーシアの難民キャンプを経てカナダに移住する。かつてフランスの植民地でもあったベトナム出身だが、一九六八年にサイゴン（現・ホーチミン）に生まれたキム・チュイは、ケベックの地を踏んだときにはフランス語がまったく話せなかったという。ケベック州グランビーで、キム・チュイ一家の移民生活はスタートする。マレーシアの過酷な難民キャンプでの生活を経て、ゼロから生き直すことになった一家の生活は、困難を極めたことだろう。しかしケベックで直面した障壁について尋ねたとき、作家は「家族全員でカナダに移住できたのです。父もいて、母もいて、兄もいて、私に欠けているものなど一つもなかったので、私は幸せでした」と、当時を振り返って答えてくれた。

モントリオール大学で、言語学および翻訳の学士号だけでなく、法学の学士号も取得しているが、作家としてのキャリアをスタートさせるまでに、様々な職業を経験している。裁縫師、翻訳家、通訳、弁護士を務めた後に、ベトナム料理のレストラン経営を手掛けている。現在では、執筆業に取り組むとともに、自閉症の息子をもつ母として、自閉症鑑定センターSACCADEとのコラボレーション活動にも積極的に取り組んでいる（デビュー作『小川』の主人公グエン・アン・ティンには、自閉症の次男アンリがいる）。キム・チュイの人生には一見して困難の波が押し寄せているようにみえるのだが、作家の記すエクリチュールにも、口にする言葉にもネガティブな感情はない。この困難から目を逸らさず、常により俯瞰的な視点から出来事をとらえようとする作家の眼差しには、驚くばかりのエネルギーを感じずにはいられないが、その根底にあるのが本書のテーマとなる「愛」である。主人公マンの人生が、ベトナム、ケベック、パリを横断しながら、さまざまな登場人物の食にまつわる「愛」の想い出とともに綴られてゆく。マンに注がれた愛、そして彼女が与える愛もまた、料理に込められた思いと、しだいに重ね合わせられてゆく。作家自身も本書を紹介する際、「ベトナム人にとって愛を表現する最良の方法が料理なのです」と語っている。

本書『満ち足りた人生』の主人公マンのように、キム・チュイ自身も、ベトナム料理のレシピ本である『ベトナム女性の秘密』（*Le Secret des Vietnamiennes*, Éditions du Trécarré）を二〇一七年に出版している。美しい料理や食材、ベトナム女性であるおばたちの写真とともに、思い出話が挿入されている。そこには、フランス語がまったく話せなかったキム・チュイがケベックで最初に課された宿題の一つが、「朝食を書いてくる」ことだったことも記されている。もっとも、ケベックでシリアルやトーストを朝食に摂《と》る習慣になじむことはなく、かといって鶏肉の汁飯といったベトナム式朝食の習慣も失ってしまったらしい。すでに刊行されていた『小川』『あなたへ』『ヴィという少女』からの抜粋も引用されていて、本書からはフトモモの逸話（本書六〇－六一頁）の引用とともに、ピンクというよりは少しオレンジ色がかったフトモモの写真が、『ベトナム女性の秘密』に掲載されている。翻訳に際してはこの『ベトナム女性の秘密』を大いに参考にするとともに、何度かベトナム料理店にも足を運んだ。職場近くに、ベトナム店主が何十年と経営するベトナム料理店があり、マンがリュックに味わってもらいたいと望んだバインセオのパリパリとした生地の食感を感じながら、翻訳を進めることができたのは幸いであった。キム・チュイ作品の特徴とも呼べる五感をフルに刺激するようなエクリチュールは、とりわけ料理の描写で活かされており、「唇のあいだでクレープが屈服し、サクサクと割れてゆくのを感じる喜び」を、ぜひ紙面からとはなるが追体験して頂ければと願っている。

キム・チュイは遅咲きの作家で、第一作を四十一歳のときに発表しているが、その直前まで携わっていたのが、ベトナム料理店の経営であった。二〇一七年九月に来日した際に、国際フランス語教授連盟主催、アンスティチュ・フランセ関西共催のトーク・イベント「キム・チュイと出会う」のなかで、同レストランの閉店を控えた数日間、一人夜遅くまでガランとした店内で書き記したのが『小川』だったと、誕生秘話を語ってくれた。キム・チュイにとって、料理と執筆は同じ空間を共有する同志のような存在として、ともに彼女の人生を織り成していったと言える。

たしかにキム・チュイ作品では、料理への言及がことのほか多い。デビュー作となる『小川』でもビーフン、魚醤、ジャックフルーツ、マンゴーにグアバ、パクチーなど、ベトナム料理に欠かせない食材が豊富に出てきたし、『ヴィという少女』で描かれていた逸話にも、食が密接にかかわっている。祖父と祖母が出会った、時間があたかもスローモーションのように歩みを抑制して流れる艶やかなまでの場面は、水上マルシェにたゆたうパイナップルやブンタンの流れと見事にシンクロしている。また父と母が初めて言葉を交わしたシーンには、ジャコウネコの排泄物から収獲されるという、希少なコーヒーの存在が欠かせない。同じように『満ち足りた人生』でも、料理が「愛（する）」という主題と表裏一体となって描かれており、モントリオールでベトナム料理を手掛けるマンと、フランスでオーナー・シェフを務めるリュックを繋ぐ糸となっている。幼い頃にサイゴンに住んでいたリュックにとって、首都陥落と同時に着の身着のままフランスへの帰国を余儀なくされた家庭の雰囲気は重く、帰国後もなお郷愁に誘われて母が作るベトナム料理は、むしろ苦い記憶となっていた。リュックはマンと出会うことで母と向き合い、ベトナム料理を受け入れることができるようになる。

主人公のマンは、ベトナム語で「完全に満たされている」「他にもう何も望むことがない」「すべての願いがすでに聞き入れられた」（本書三六頁）を意味する mãn からつけられた名前である。しかし自身の名前が満たされたものであればこそ、「私はもう何も要求することができない」とマンは感じており、「夢をみることなく成長」する。したがって本書の邦題『満ち足りた人生』は、いわばマンの人生に課された足かせとして、反語のごとく機能しているとも言えるし、他方でマンがこれから向かうべき道しるべとなっているとも言える。ベトナム時代、マンは夢をみるにはあまりにも厳しい現実のなかで、一日一日を生き延びていかなければならなかった。

実の父については何一つ「知らされたこと」がなかったマンだが、一方で三人もの母がいる。一人目の母は未婚でマンを出産し、尼僧であった二人目の母はマンの将来を案じて、彼女を三人目の母に託した。教師でもあり冷凍バナナの商人でもあった三人目の母「ママ」に、マンは育てられる。死が日常と隣り合わせで身近に感じられる生活を送っていたママは、いつ訪れるとも知れない自らの死に備えるように、父親の役割も果たしてくれるようなベトナム人男性とマンを早々に結婚させる。「塩漬けされて焦げ茶色になったライム」のような夫をお見合いで紹介されると、マンは彼の移民先であったケベックへと渡り、新たな人生を踏み出す。新天地モントリオールで、こうしてマンの第二の人生がスタートする。夫は、トンキンスープなど限られたメニューしか提供しないベトナム料理のレストランを営んでいて、マンも店の手伝いを始める。すでに夫の友人となっていた顧客のために、マンはベトナムの郷土料理を次々と提供するようになる。

レストランはしだいに多くの客で行列ができるようになり、レシピ本『天秤棒』（両端に籠をぶら下げて、肩に担いで荷物を運ぶための棒）が刊行されるとガイドブックで紹介されたり、テレビの料理番組まで担当することになる。するとフランス語圏ケベックだけではなく、フランスでも話題をよび、パリの書籍見本市に招待されることになった。読者の一人であるフランシーヌから声をかけられて、彼女の弟リュックが経営するレストランへ夕食に招かれると、『天秤棒』を読んでいたリュックは、長いことマンの手を握って挨拶をする。このときからマンとリュックの運命が交わることになる。

二人の料理人が東西文化を食で結んだように、キム・チュイは東西文化が出会う旅へと私たち読者を連れ出す。本書にはキャッサバのケーキ、バインセオなどの料理名ばかりでなく、サポジラ、ドリアン、フトモモ、バンレイシなどの果実名も出てきて、その名前の響きだけで、私たちに新鮮な果肉の味を想起させてやまない。石膏でできた、匂いなど発しないはずのフトモモの香りを思わず嗅いでしまったマンのように、紙面から匂い立つフトモモやバンレイシの香りのイメージが私たちを捉えて離さない。異国情緒はベトナム料理や食材に限られたわけではない。ベシャメルソース、プディング・ショムール、オッソ・ブーコ、グレモラータ、ブラウンソース、ケイジャン・スパイス、八角、クローブ、ガランガルパウダーなど、世界各国の料理やソース、スパイスも、ベトナム料理を基底に書かれた本書に、良い刺激を与えてくれている。

私たちは『満ち足りた人生』を読み終えた読後感として、まるで食を通して世界を駆け巡ったかのような印象を受けるが、それはあながち間違ってもいない。事実キム・チュイはインタビューで、本書を世界の各所で書き上げていて、さまざまな場所の記憶とつながっていると語っている。デビュー作が大いに話題となり、実直で温かな作家自身の人柄も手伝って、世界中から講演会に呼ばれ、忙しく各国を横断する日々を過ごしていた作家の旅の軌跡が、マンの旅とも重なる。ベトナムからモントリオールへ、モントリオールからパリへと「大陸を移動させながら」、あたかも「至る所自由に存在できるように」世界地図を書き換えてゆくマンの姿に、つい作家自身の航海日誌を重ね合わせたくなってしまう。

主人公マンは東西文化の差異に衝撃を受けながらも、その違いに魅了され、自らが受けた衝撃をさらに自己分析してゆく。そして自分の名前である「満た」された人生を、今度こそ字義通りに引き受ける覚悟をしたところで、物語は閉じられる。『ヴィという少女』と同様に、本書も結末は読者の想像に委ねられている。

キム・チュイ作品では、親日家の一面をのぞかせるような日本文化への言及がある。『ヴィという少女』では、モントリオールに引っ越したばかりのヴィが週に二度アルバイトをしていたのが日本食レストランとなっており、天ぷらと鰻《うなぎ》のかば焼きの匂いが強調して描写されている。さらにヴィの兄の就職先も日本料理店で、自ら一度も足を踏み入れたことのない「神戸の地へと客を誘った」と、ユーモアたっぷりに描かれている。本書にも、土産物店や盆栽、そして羽衣の逸話が挿入されている。羽衣については、恐らくは『竹取物語』を指していると考えられるが、『竹取物語』の帝は、自身では一番高い山に登らず、かぐや姫からもらった不死薬を使いの者に渡して、富士山へと登らせて焼かせている。かぐや姫なき今となっては、不死薬など無用の長物だと帝は嘆き、これを焼いてしまったのだ。作家の想像力のなかで、『竹取物語』がより現代的な恋愛の物語へと、少し形を変えているのかもしれない。

翻訳にあたっては、元同僚のセルジュ・ジュンタ氏にフランス語の細かなニュアンスなど、多くの貴重な助言をいただいた。原文や英訳とも突き合わせながら丁寧に原稿を見ていただいた編集者の朴洵利氏の存在がなければ、この翻訳はとうてい不可能であったことも申し添えたい。そしていつもながら、「翻訳作業はあなた自身の仕事だから、ときに原文に忠実なことで日本語としての流れが失われるのなら、躊躇しないで日本語を優先して欲しい」と背中を押してくれたキム・チュイ氏に感謝を表したい。「満ち足りた人生」へと向かって自らを鼓舞するマンの心情が、小説を導く原動力となって、マンの人生とともに本書のエクリチュールを突き動かしている。日本語訳にも、言語化される前の、このマンの衝動のようなものが留められたとしたら幸いである。

本書はケベック文化産業促進公社（SODEC）の助成を受けた。ここに厚く御礼申し上げる。また、キム・チュイが初めて招聘《しょうへい》来日した二〇一六年と、三度目の招聘を受けて二〇一九年に来日した際に、日本ケベック学会理事・会長として講演会の開催ほかご尽力された故立花英裕氏に本訳書を捧げたい。『ヴィ』で描かれた日本料理店を彷彿とさせる和食店で、立花先生と作家キム・チュイを囲みながら食べた魚の煮つけは、リュックの母が作った魚の照り煮の味とおそらく似ていることだろう。

二〇二二年　冬

【著者について】

キム・チュイ　KIM THÚY

1968年、ベトナムのサイゴン（現ホーチミン市）に生まれる。10歳のときにボートピープルとして家族とともにベトナムを去り、マレーシアの難民キャンプを経てカナダへ移民。モントリオール大学で学位取得後に、裁縫師、通訳、弁護士、レストラン経営などを経験し、2009年にデビュー作*Ru*を発表。同作でカナダ総督文学賞など数々の文学賞を受賞する。2018年には、ノーベル文学賞の代替賞であるニュー・アカデミー文学賞の最終候補者4名に残った。

【訳者について】

関末玲（せき みれい）

立教大学外国語教育研究センター准教授、日本ケベック学会幹事長。立教大学とパリ第3大学にて博士号を取得（文学博士）。主な著書に『マルグリット・デュラス〈声〉の幻前』（共著、水声社、2020年）、*Marguerite Duras: Passages, croisements, rencontres*（共著、Éditions Classiques Garnier、2019年）、『フランス語ほんとうに必要なところをまとめました。』（単著、ベレ出版、2018年）などがあり、キム・チュイに関する論文も多数執筆。

満《み》ち足《た》りた人生《じんせい》

2023年1月25日　初版第1刷発行　　定価はカバーに表示してあります。

著者　キム・チュイ
訳者　関　末玲
発行者　河野和憲

発行所　株式会社　彩　流　社

〒101-0051　東京都千代田区神田神保町3-10　大行ビル6階
TEL 03-3234-5931　FAX 03-3234-5932
ウェブサイト　http://www.sairyusha.co.jp
E-mail　sairyusha@sairyusha.co.jp

印刷　モリモト印刷㈱
製本　㈱難波製本
装幀　仁川範子

乱丁本・落丁本はお取り替えいたします。　ISBN 978-4-7791-2872-1 C0097